EDGAR ALLAN POE (1809 – 1849)

ist der bedeutenste phantastische Erzähler der amerikanischen Literatur. Poes Werk ist vielfältig. Es reicht von Literaturkritiken, Essays und Gedichten über phantastische Abenteuererzählungen bis hin zu jenen unheimlichen und bizarren Meisterwerken knapper Erzählkunst, mit denen er zum Begründer der Kurzgeschichte als literarischer Gattung wurde. Der vorliegende Band versammelt sieben seiner besten unheimlichen Geschichten, in denen gespenstische Wiedergängerinnen den Geliebten in den Wahnsinn treiben. Liebe und Tod waren ein zentrales Thema für Poe, der früh seine Mutter verlor und dessen junge Frau an der gleichen Krankheit qualvoll dahinsiechte. Vorangestellt ist der Auswahl Poes bekanntestes Gedicht: DER RABE.

Poe hat viele Illustratoren angeregt, die düstere Symbolik und den grausigen Realismus seiner Geschichten in Bilder umzusetzen. Klaus D. Schiemann versucht in diesem Band mit seinen zahlreichen Zeichnungen statt der üblichen Schreckensbilder die subtile Schönheit des Grauens in den Poeschen Erzählungen darzustellen. Dabei ist ihm eine bemerkenswert einfühlsame Illustrierung gelungen, die modern wirkt, ohne Poe zu ‚modernisieren'.



BASTEI LÜBBE

Aus der Taschenbuchreihe PHANTASTISCHE LITERATUR sind nachstehende Romane erhältlich. Fragen Sie im Buch- oder Zeitschriftenhandel nach diesen Titeln:

72 001 Jack London
Bevor Adam kam
72 002 Bram Stocker
Die sieben Finger des Todes
72 003 Jean Ray
Das Tor im Meer
72 004 Arthur Conan Doyle
Professor Challenger und das Ende der Welt
72 005 Robert Louis Stevenson
Dr. Jekyll & Mr. Hyde
72 006 Charles Dickens
Der Heimgesuchte
72 007 Edgar Allan Poe
Der Rabe
72 008 Mark Twain
Der unheimliche Fremde
72 009 Bram Stoker
Das Schloß der Schlange
72 010 Arthur Conan Doyle
Die Maracot-Tiefe
72 011 Honoré de Balzac
Die rote Herberge
72 012 Lübbes Auswahlband
Phantastische Literatur 82
72 013 H. P. Lovecraft
Das Grauen vor der Tür
72 014 Guy de Maupassant
Der Horla
72 015 Friedrich Schiller/
Hans Ewers
Der Geisterseher
72 016 Robert W. Chambers
Der gelbe Tod
72 017 Bram Stoker
Das Geheimnis des schwimmenden Sarges
72 018 Oliver Onions
Das bemalte Gesicht
72 019 Kurd Laßwitz
Homchen
72 020 Jörg Weigand (Hg.)
Das Lächeln am Abgrund
72 021 Mary W. Shelley
Verney, der letzte Mensch
72 022 Lübbes Auswahlband
Phantastische Literatur '83
72 023 Arthur Conan Doyle
Der Kapitän der Polestar
72 024 Wilkie Collins
Mrs. Zant und ihr Geist
72 025 Franz Spunda
Baphomet
72 026 Richard Jeffries
Der Wald kehrt zurück
72 027 Jack London
Der Feind der Welt
72 028 E. T. A. Hoffmann
Hyänen
72 029 Edgar Allan Poe
Mahlstrom und Mondflug
72 030 Dennis Wheatley
Diener der Finsternis
72 031 Jörg Weigand (Hg.)
Der Herr der Bäume
72 032 Eugéne Sue
Der ewige Jude
72 033 LÜBBES AUSWAHLBAND
Phantastische Literatur 84

Phantastische Literatur

Edgar Allan Poe

# Der Rabe

7 Geschichten
und 3 Gedichte
um Liebe und Tod
zusammengestellt
und eingeleitet
von Michael Görden

BASTEI
LÜBBE

BASTEI-LÜBBE-TASCHENBUCH
Phantastische Literatur
Band 72 007

Mit Illustrationen von Klaus Schiemann

1. Auflage: September 1981
2. Auflage: März 1984


Gedichte neu übersetzt von Michael Görden
Titelillustration: Studio Kanellakis
Umschlaggestaltung: Quadro-Grafik, Bensberg
Druck und Verarbeitung:
Elsnerdruck GmbH, Berlin
Printed in Western Germany
ISBN 3-404-72007-5

Der Preis dieses Bandes versteht sich einschließlich der gesetzlichen Mehrwertsteuer.

INHALT

E.A.Poe

# EINFÜHRUNG

## I

Edgar Allan Poe war selbst den Gestalten seiner unheimlichen Erzählungen nicht unähnlich. Angst und Verzweiflung verfolgten ihn durch sein kurzes Leben, vom frühen Tod der Mutter über das qualvolle Dahinsiechen seiner Frau bis zu seinem eigenen mysteriösen Ende in geistiger Umnachtung. Die Verbindung von Liebe und Tod, die in den hier zusammengestellten Geschichten im Mittelpunkt steht, wurde zum Leitmotiv seines Lebens.

Doch darf man dabei nicht übersehen, daß dies nur die eine Seite von Poe darstellt. Denn er war ebenso ein scharfsinniger Literaturkritiker, ein Meister des genau kalkulierten Einsatzes von Worten und einer unerbittlichen wissenschaftlichen Logik, wie sie sich in seinen Detektivgeschichten widerspiegelt. Er entwickelte seine eigene Literaturtheorie und wurde damit zum Mitbegründer der Moderne. Sein Werk zeugt nicht nur von Furcht, Hoffnungslosigkeit und Besessenheit, sondern genauso von Mut, großer

Intelligenz und einem wachen, jeden falschen Mystizismus ablehnenden Geist.

Vielleicht it es gerade dieser Widerspruch zwischen emotionaler Verzweiflung und rationaler Erzählkunst, durch die Poe auch heute noch immer seine Leser fasziniert. Seine Angst ist die vor der Macht und den Labyrinthen des menschlichen Geistes, und diese Angst hat in den letzten hundert Jahren nichts an Aktualität verloren.

## II

Poe wurde 1809 als zweiter Sohn eines Schauspielerehepaares in Boston (Massachussetts) geboren. Als er drei Jahre alt war, starb seine Mutter an Tuberkulose. Der Vater hatte die junge Familie schon vorher im Stich gelassen und tauchte nie wieder auf. Edgar kam in die Pflege der wohlhabenden Familie Allan, die ihn aufzog wie einen eigenen Sohn. Der Adoptiv-Vater verhielt sich jedoch immer reserviert, was in späteren Jahren zu schweren Auseinandersetzungen mit dem eigenwilligen Poe führte. Fünf Jahre von Poes Jugend verbrachte die Familie in England, das bei Poe einen tiefen Eindruck hinterließ.

Mit 17 Jahren begann Poe ein Studium an der Staatsuniversität von Virginia. Er schrieb seine ersten Gedichte, gab aber das Studium infolge eines Streites mit seinem Pflegevater, der ihn finanziell nicht ausreichend unterstützte, schon nach einem Jahr wieder auf. Es kam zum endgültigen Bruch mit den Allans. Auf eigene Kosten ließ Poe von einer kleinen Druckerei seinen ersten Gedichtband herausbringen. Er trat als einfacher Soldat in die Armee ein und bewarb sich zwei Jahre später erfolgreich um die Aufnahme in die Offiziersschule von West Point. Während der Wartezeit auf seinen West-Point-Platz veröffentlichte er seinen zweiten Gedichtband, diesmal unter vollem Namen und, wenn auch nur in der Auflage von 250 Exemplaren, von einem ordentlichen Verlag herausgebracht.

In West Point fand sich Poe nicht mit der militärischen Disziplin zurecht. Da er die Schule nicht ohne Einwilligung seines Vaters verlassen durfte, sorgte Poe schließlich durch ständiges »unmilitärisches« Verhalten dafür, daß man ihn hinauswarf. Er ging nach New York, veröffentlichte dort einen weiteren Gedichtband und ließ sich schließlich bei seiner Tante Clemm in Baltimore nieder. 1832 erschienen seine ersten Kurzgeschichten. Drei Jahre später, nachdem der Adoptivvater gestorben ist, ohne Poe irgendetwas zu hinterlassen, erhält Poe seine erste Anstellung als Redakteur beim ›Southern Literary Messenger‹ in Richmond. Bis zu seinem Tode arbeitet er von nun an für verschiedene Zeitschriften als Redakteur, Kritiker, Herausgeber oder Lektor. Er wird zu einem bekannten Rezensenten und Literaturkritiker, doch kommen ihm immer wieder wirtschaftliche und familiäre Schwierigkeiten in die Quere. Die Verleger finden meist wenig Gefallen an Poes eigenwilliger Arbeitsdisziplin. Man entläßt ihn wegen Unpünktlichkeit oder Trinkerei, oder die von ihm betreuten Blätter werden eingestellt. Er besaß nie ein Vermögen, auf das er hätte zurückgreifen können, so daß er, zumal ihn Geld nie sonderlich interessierte, oft in Existenznöte geriet, die ihn dann zwangen, manche literarischen Arbeiten nur des Geldes wegen zu übernehmen.

1836 heiratete Poe die vierzehnjährige Virginia, die Tochter seiner Tante Clemm. Mit seinen Geschichten und Essays hat er die ersten größeren Erfolge. Bei einem renommierten Verlag erscheint 1840 die erste Sammlung seiner Prosastücke in Buchform, für damalige Verhältnisse eine ungewöhnliche Ehrung.

Poes literarisches Schaffen ist so vielseitig, daß es hier nur kurz angerissen werden kann. Sein Einfluß wirkte über die Dichtung bis hin zur modernen Massenliteratur des Kriminalromans und der Science Fiction. Baudelaire, Wilde, George, Benn, um nur einige zu nennen, wurden in ihrer Lyrik von ihm angeregt. Die amerikanische Shortstory von Hemingway bis Chandler geht auf ihn zurück. Er wurde aber auch zum Vorläufer des Symbolismus der Jahrhundertwende. Mit seinen Literaturkritiken leistete er einen wichtigen Beitrag zur Entwicklung einer eigenständigen amerikanischen Dichtung und nahm viele Gedanken der modernen Literaturtheorien vorweg.

Poes Frau Virginia erlitt 1842 einen schweren Blutsturz vor den Augen ihres Mannes und siechte dann fünf Jahre an Tuberkulose dahin, bis sie 1847 starb. In dieser Zeit trank Poe immer mehr, nahm Opium und hatte ständig Schwierigkeiten mit seinen Verlegern, auch wenn seine Reputation sich auf dem Höhepunkt befand. Nach Virginias Tod schien er sich zunächst wieder etwas gefangen zu haben. Er beginnt Beziehungen zu mehreren Frauen, plant eine neue Heirat, wird jedoch abgewiesen. Ein Selbstmordversuch folgt. Noch einmal scheint sich alles zum Besseren zu wenden. Poe schwört dem Alkohol ab, der bei ihm infolge eines früheren leichten Schlaganfalles bereits nach einem Glas verheerende Folgen hat. Sein großes Essay über das poetische Prinzip entsteht, er verlobt sich und erhält Aussicht auf eine neue, gut bezahlte Anstellung. Auf dem Weg zu einem neuen Leben in New York verschwindet er auf mysteriöse Weise und taucht wenige Tage später in unansprechbarem, völlig verwahrlostem Zustand wieder auf.

Er stirbt in einem Krankenhaus von Baltimore im Delirium.

Bald nach Poes Tod setzt eine verleumderische Kampagne gegen ihn ein, die ausgerechnet von dem Mann angeführt wird, den Poe selbst zu seinem literarischen Nachlaßverwalter ernannt hatte. Die dünkelhafte, puritanische und ungebildete amerikanische Gesellschaft der damaligen Zeit verdammte Poe wegen seiner alkoholischen Exzesse und seines eigenwilligen Lebenswandels. Erst durch den Ruhm, den er in Europa durch das Eintreten von Dichtern wie Baudelaire und

Wilde erlangte, fand Poe lange nach seinem Tode auch in der amerikanischen Literaturwelt die verdiente Anerkennung.

## III

Wenn man Poes Herkunft und seinen Lebensweg sieht, braucht es keiner psychoanalytischen Betrachtungen, um zu erkennen, daß Fragen der Identität, der Persönlichkeitsfindung und des Verhaltens im Angesicht des Todes für ihn eine besondere Rolle spielten. Von der Mutter und ihrem Sterben, das er als Dreijähriger erlebte, muß vieles bewußt und unbewußt in seinem Gedächtnis geblieben sein, und dann erlebte er das gleiche Siechtum bei seiner Frau.

Bis auf die letzte handeln alle Geschichten in diesem Band vom Tode einer schönen, geliebten Frau, in deren Beschreibung man immer Poes junge Mutter wiedererkennen kann, von der ein Porträt mit rätselhaften, übergroßen Augen erhalten blieb, wie alle Heldinnen Poes sie besitzen. In *Das Stelldichein*, der 1834 erschienenen frühesten Erzählungen, werden die Liebenden noch im Tode vereint. *Morella* (1835), *Berenice* (1835),

*Ligeia* (1838), *Eleonora* (1842) und *Das ovale Porträt* (1842) zeigen wie die toten Geliebten noch immer das Leben des Erzählers im Griff haben, und doch triumphiert über jede Liebe letzten Endes der Tod.

Doch liegt das Faszinierende von Poes Auseinandersetzung mit dem Tod nicht in dumpfen Schauereffekten, wie sie die schwarze Romantik im Stil des von Poe verachteten »german horror« so ermüdend wie schwülstig offerierte. Poe war von diesem Thema besessen, aber er wurde mit dieser Besessenheit fertig und entwickelte daraus die absolute rationale, auf den genau kalkulierten Einsatz aller literarischen Möglichkeiten abgezielte Erzähltechnik der modernen Kurzgeschichte. In *Ligeia*, der Geschichte, die Poe selbst für seine beste hielt, fließen all seine Ängste und Zwangsvorstellungen zusammen, ohne daß er jedoch nur ein einziges Mal die Kontrolle über seinen Stoff verliert. Ligeias Wiederkehr ist keine Wunschvorstellung aus der gequälten Phantasie des Autors, sondern eine raffiniert vorausberechnete Schlußpointe, auf die hin die ganze Geschichte meisterhaft durchkonstruiert ist. Das ist reine Kunst um der Kunst willen. Diese Fähigkeit der literarischen Komposition, die es erlaubt, durch reine Wort- und Klangwahl und den dramaturgischen Aufbau einen Eindruck zu erwecken, bei dem der eigentliche Sinn und die Glaubwürdigkeit des Gesagten fast nebensächlich werden, findet in dem Gedicht *Der Rabe* ihren besonderen Ausdruck. Die deutsche Übersetzung kann die beschwörenden Wort- und Klangspiele des Originals hier nur unvollkommen wiedergeben, doch beweist sich die Kraft dieses Gedichtes unter anderem darin, daß es selbst in dieser Übertragung seinen Reiz behält.

In der Geschichte *Das Faß Amontillado,* die Poe 1846 als eine seiner letzten schrieb, kommt keine wiedergängerische Geliebte mehr vor. Der rächende Erzähler mauert Tod und Wahnsinn fest im Keller ein. *In pace requiescat.*

Wenn Poe diesen Kampf im wirklichen Leben schließlich auch verlor, in der Literatur bewältigte er ihn. Den Abschluß bildet das rätselhafte Sonett *Schweigen,* in dem sich Poes lebenslanges Grübeln über das Schweigen des Todes widerspiegelt. Auch wenn sein Inhalt schwer zugänglich ist, gibt es einen nachhaltigen Eindruck von den inneren Kämpfen seines Dichters.

## IV

Poe selbst schrieb zu Übersetzungen, sie müßten das Original so wiedergeben, daß es die gleiche Wirkung auf die Leser der Nation habe, für die die Übersetzung bestimmt sei, wie auf die Leser der Ursprungsnation. Statt einer »wörtlichen« Übersetzung fordert er die Nachdichtung in der anderen Sprache. Eine naheliegende Ableitung daraus ist, daß eine Übersetzung, in gewissen Grenzen, auch der Zeit angepaßt werden sollte, in der sie erscheint. Ein solches Angleichen bleibt selbstverständlich immer ein riskanter Versuch dem Leser den Text zugänglich zu machen, denn was sie Modernisierung an Lesbarkeit gewinnt, verliert sie an Authentizität.

Trotzdem wurde in dieser Ausgabe unter Berücksichtigung älterer Übertragungen behutsam versucht, Poes Sprache etwas zugänglicher zu gestalten. Wer besondere Nähe an die Wortwahl des Originals sucht, sei auf die Übersetzungen von Arno Schmidt in der Werkausgabe des Walter Verlages verwiesen.

# DER RABE

Einst bis in die tiefste Nacht, müd' und traurig ich bedacht,
was ich fände noch an Macht, in der alten Bücher Lehr –
tief den Schlaf schon in den Knochen, hörte plötzlich ich ein Pochen,
wie nicht mehr seit langen Wochen, Wochen die mir menschenleer,
»Ein selt'ner Gast wohl«, sagt ich mir, »spät noch fand den Weg hierher,
sein Klopfen war's, nichts weiter mehr.«

Ach, genau blieb die Erinnerung, jenen Tag's wich nie die Dämmerung
Von des Ofens trüber Feuerung fiel das Licht so fahl und leer.
Ach, wie wünscht ich mir den Morgen – müht' vergeblich mir zu borgen,
bei den Büchern Trost den Sorgen, Sorgen wo Lenor wohl wär' –
welcher Name bei den Engel meiner schönen Maid wohl wär' –
trägt sie *hier* doch keinen mehr.

Und das seltsam seidig Knistern in der Vorhang purpurn Nestern,
drängt, beengt mich grausig schwer, wie ich's niemals spürt vorher;
bis ich aufsprang, mich zu fangen, sprach zu beruhigen mir mein Bangen:
»Ist ein später Gast wohl, der noch fand den Weg hierher –
ein später Gast wohl klopft mir von der Tür' dort her –
ruft nach mir – nichts weiter mehr.

Endlich ward mir nicht mehr bänger, und ich zögerte nicht länger:
»Werter Gast, edle Dame, hoher Herr, um Verzeihung bitt' ich sehr,
hatt' den Schlaf schon in den Knochen, als ich hörte Euer Pochen,
wie nicht mehr seit langen Wochen, Wochen die mir menschenleer,
traute erst nicht meinen Ohren.« Die Türe auf. »Nun tretet näh'r!«
Dunkelheit – nichts weiter mehr.

So starrte ich ins Dunkel lange, war verwundert, seltsam bange,
zweifelnd kamen mir da Träume, wie ein Mensch nie träumte sie vorher,
doch das Dunkel barg nur Schweigen, wollte sich kein Gast mir zeigen,
bis ich selber brach das Schweigen; flüsternd sprach ich: »Lenor? Wer?«
Nur das Echo schallte fern aus der Stille mir zur Antwort her:
»Lenor!« klang's da – nichts weiter mehr.

Ging zurück da in die Kammer, Herz gequält vom alten Jammer,
als ich wieder hört' das Pochen, etwas lauter denn vorher.
»Sicherlich«, mußt ich mich fragen, »wird's wohl sein der Fensterladen? –
Wird der Riegel lose sein, so dies Rätsel ich erklär –
Wenn mein Herz sich erst beruhigt hat, leicht dies Rätsel ich erklär –
's ist der Wind – nichts weiter mehr!«

Offen riß ich dann das Fenster, und Geflatter statt Gespenster
kam herein – ein Rabe war es, ganz wie aus der Bücher Lehr';
keinen Blick wollt' er mir schenken, ließ durch nichts auch fort sich lenken,
flog anstatt mit stolzen Schwingen vom Fenster stracks zur Türe her,
flog zu einer Pallasbüste, die dort hängt recht stolz und schwer,
setzt sich d'rauf – nichts weiter mehr.

Angesichts dies ebenhölzern Tier ward es bald zum Lächeln mir,
ob dem steif altväterlich Gezier, mit dem es blickte ach so hehr:
»Schwillt dir auch statt Kamm nur Kropf, scheinst du doch ein eitler Tropf,
sitzt so auf der Pallas Kopf, garstig, grimm, wo kommst du her?
Sag welchen hohen Namen gab man dir in des Plutos nächtgem Heer?«
Sprach der Rabe: »Nimmermehr.«

Verwundert hatt' ich dies vernommen, hört' nie zuvor solch' Laute kommen
von eines Vogels Schnabel her, war'n sie auch recht inhaltsleer;
denn man hat wohl nie gelesen, daß zuvor einem menschlichen Wesen,
solches ist zuteil gewesen, daß ein Vogel setzt sich her
auf eine Büste ihm im Zimmer und sagt stolz heraus er wär'
ein Rabe namens »Nimmermehr«.

Doch der Rabe saß alleine, sprach beständig nur das eine,
nur das eine Wort, als sei die Seele ihm sonst traurig leer;
kein Laut fiel sonst zu mir nieder – nicht ein Rascheln des Gefieder,
daß ich flüsternd sagt mir wieder: »Freunde hab' ich lang' nicht mehr,
so auch *er* wird mich verlassen, wie mein Glück – ohne Wiederkehr.«
Doch er krächzte: »Nimmermehr.«

Solch ein passend Wort gesprochen, ward die Ruhe mir gebrochen.
»Ohne Zweifel«, sprach ich schaudernd, »ist ihm sonsten kein Begehr,
weil ein Herr ihn früher lehrte, den das Unglück arg versehrte,
bis zuletzt sich ihm verkehrte aller Lieder Reim so schwer,
bis den Grabgesang der Hoffnung melancholisch nur noch sang er:
Nimmer – nimmer – nimmermehr.«

Daß der Rabe nun vertriebe die Trauer mir um verlorene Liebe,
rückt' ich also einen Sessel zum Vogel auf der Büste her;
dann bequem auf Seidenkissen begann die Suche ich nach Wissen,
spekulierte wild entschlossen, wo dies seltsam Tier kam her,
wo solch' grimmig, garstig, grausig Rabenvogel käme wohl her
und was sollt sein »Nimmermehr«.

Grübelnd saß ich so und schweigend, mir zu Haupt der Rabe neigend
sich mit glühend Feueraugen mir zum Herzen immer näh'r,
ohne daß er sich nur rührte, während mich mein Gram entführte,
unterm Haupt das Kissen spürte, dessen Seide glomm so schwer,
dessen Seide rötlich schimmernd, stützte mir mein Haupt so schwer,
wo *ihr's* ruht, ach, nimmermehr!

Dann schien's mir füllten die Lüfte, drükkend traulich, Weihrauchdüfte,
schienen Schritte mir zu nahen, überm weichen Teppich her.
In Verzweiflung schrie hinaus ich: »So Gott doch zuletzt erbarmt sich,
sendet, daß Lenor vergeß ich, Trost aus seiner Engelheer,
daß Lenor nur bald vergeß ich, die mir macht das Herz so schwer!«
Sprach der Rabe: »Nimmermehr.«

»Ein Prophet, ha!« klang mein Schrei, »seist du Dämon, Teufelei,
ob dich der Versucher schickte, ob der Sturm dich trieb hierher
in das Land leer und verloren, Wüstenland von Fluch geboren,
in dies Haus hier Gram beschworen, sag mir nun die Wahrheit her,
sprich mir, gibt es ein *Vergessen?* Rede, sprich mir, sag es her!«
Sagt' der Rabe: »Nimmermehr.«

»Prophet, red' doch«, klang der Schrei, »seist du Dämon, Teufelei,
bei dem Himmel uns zu Häuptern, bei des höchsten Gottes Ehr,
sag' der gramen Seele dies, werd' ich einst im Paradies,
was ich mir zur Hoffnung pries, werd' ich in der Engel Sphrär'
wiederseh'n dereinst Lenor, gibt es dort die Wiederkehr?«
Sprach der Rabe: »Nimmermehr.«

»Dies sei mir dein letztes Wort«, brüllt' ich, »garst'ger Vogel, fort,
scher' zurück dich in den Sturm, zu des Plutos nächtgem Heer!
Keine Feder deiner Lügen, soll mir noch die Seele trüben!
Laß mich Einsamkeit verfügen, gib die Ruh' mir wieder her!
Friß nicht länger mir am Herzen, fort von meiner Tür dich scher'!«
Sprach der Rabe: »Nimmermehr.«

Und der Rabe blieb im Zimmer, hockt noch immer, hockt noch *immer*
auf der bleichen Pallasbüste über meiner Türe quer;
und in seinem Blicke glosen eines Dämons Traumes Rosen;
und der Lampe fahler Schimmer, zeichnet seine Schatten schwer;
und es hebt sich aus dem Schatten, der schwebt dumpf dort und so schwer
meine Seele – nimmermehr!

# MORELLA

*Selbst allein durch es selbst – ewig* eins *und einzig.*

*Plato, Sympos*

Ein besonderes Gefühl der Zuneigung, tief und seltsam, verband mich mit meiner Freundin Morella. Als ich vor vielen Jahren zufällig ihre Bekanntschaft gemacht hatte, entflammte mein Herz zu ihr in einem Feuer, das ich bisher nie erlebt. Doch rührte dieses Feuer nicht vom Eros, und ich quälte mich lange mit der wachsenden Überzeugung, daß es mir nie möglich sein würde, genau zu erkennen, was eigentlich hinter meiner sonderbaren Empfindung stand und sie in natürliche Bahnen zu lenken. Doch fanden wir schließlich zueinander, und das Schicksal vereinigte uns vor dem Altar. Nie sprach ich von Leidenschaft, noch dachte ich an ihre eigenen heißen Wünsche. Morella aber mied trotzdem jede andere Gesellschaft, schloß sich ganz an mich an und machte mich glücklich.

Morellas Bildung war erstaunlich. Sie besaß ungewöhnliche geistige Gaben, ja ihre Geisteskräfte wirkten fast überentwickelt. Ich bemerkte dies bald und wurde in manchem ihr Schüler. Vielleicht lag es an ihrer Preßburger Erziehung, daß sie so besonderen Wert auf jene mystischen Schriften legte, die man allgemein nur als den Bodensatz der frühen deutschen Literatur betrachtet. Diese Texte waren, aus mir unbekannten Gründen, ihr beständiger und liebster Studiengegenstand, und daß sie daher auch im Laufe der Zeit zu meinem wurden, läßt sich durch Vorbild und Gewöhnung leicht erklären.

Meine eigenen Neigungen hatten aber mit all dem, soweit ich sehe, nicht viel zu tun. Meine Überzeugungen standen jedem Idealismus fern, und, wenn ich mich selbst richtig kenne, zeigte die mystische Dauerlektüre zunächst keinerlei Auswirkungen auf mein Denken und Handeln. Von dieser Unberührbarkeit überzeugt, überließ ich mich völlig der Führung meiner Frau und betrat mit ruhigem Herzen das Labyrinth ihrer Studien. Doch dann, als ich mich in jene unheilvollen

Seiten so lange versenkt hatte, daß sich ein Verderben bringender Geist in mir entzündete, pflegte Morella ihre kühle Hand auf meine zu legen und aus der Asche einer toten Philosophie ein paar düstere, sonderbare Worte aufzustöbern, deren seltsamer Sinn sich in meinem Gedächtnis einbrannte. Lange Stunden verträumte ich so an ihrer Seite und lauschte auf die Musik ihrer Stimme, bis die Melodie eine bedrohliche Note annahm, und Schrecken sich über meine Seele legten, weil ich Worte hörte, die nicht mehr zu dieser Welt gehörten. Die Freude erstarb zum Entsetzen, das Schönste wurde mir zum Grauen.

Es ist nicht notwendig, hier im einzelnen die Richtung unserer Studien zu beschreiben, jener Fragestellungen, die lange Zeit fast den einzigen Gesprächsstoff zwischen mir und Morella bildeten. Wer in dem, was man »spekulative Theologie« nennen könnte, gewisse Erfahrungen besitzt, wird sich leicht einen Begriff davon machen können, aber dem dort Unerfahrenen wird das rechte Verständnis abgehen. Der seltsame Pantheismus Fichtes, die pytagoräische Wiedergeburtslehre und die von Schelling entwickelte Identitätsphilosophie standen im Mittelpunkt von Morellas Interessen. Locke definierte, wie ich mich erinnere, die persönliche Identität als die ununterbrochene Dauer eines vernunftbegabten Wesens. Wenn wir unter »Persönlichkeit« das Denken eines intelligenten, vernunftgelenkten Wesens verstehen und Denken ja immer von einem Bewußtsein begleitet sein muß, so ist es dies – das Bewußtsein – das uns von den übrigen Wesen unterscheidet und uns eine Identität als Person verleiht. Der Begriff, das Prinzip dieser Identität, ob sie nun mit dem Tod für immer verlorengeht *oder nicht*, das alles nahm mich völlig gefangen. Nicht nur wegen der aufregenden und verblüffenden Erkenntnissen, die sich daraus ergaben, sondern genauso wegen der besonderen, erregenden Art, mit der Morella immerzu darüber zu philosophieren wußte.

Doch kam eine Zeit, da mich das mystische Rätseln meiner Frau wie ein Zauberfluch zu quälen begann. Ich konnte den Druck ihrer bleichen Finger, den tiefen Klang ihrer melodischen Stimme und den Glanz ihrer melancholischen Augen nicht mehr ertragen. Sie wußte das, machte mir jedoch nie einen Vorwurf; meine Schwäche und meine Verrücktheit nannte sie einfach »Schicksal«. Die mir unbekannte Ursache meiner langsamen Entfremdung schien sie wohl zu wissen, gab mir aber nie eine Erklärung oder ging auch nur in einer Anspielung darauf ein. Und doch grämte sie sich als Frau darüber von Tag zu Tag mehr. Nach einiger Zeit tauchten purpurne Flecken auf ihren Wangen auf, und auf ihrer weißen Stirn traten die Adern blau hervor. Der Anblick ließ mich oft vor Mitleid fast vergehen, aber wenn ich dann einen Augenblick später wieder in ihre bedeutsamen Augen sah, wurde es mit unter ihrem vielsagenden Blick kalt und leer ums Herz, und mir schwindelte wie vor einem finsteren, unerforschlichen Abgrund.

Muß ich aussprechen, daß ich Morellas Tod fast inbrünstig herbeizusehnen begann? Ich tat es, aber ihr Geist klammerte sich noch viele Tage, Wochen, ja endlose Monate an seine irdische Hülle, bis meine gequälten Nerven mit mir durchgingen und ich die Tage, die Stunden, jede Minute schließlich verfluchte, die sich ihr Sterben noch hinzog; wie die Schatten in der Todesstunde des Tages immer länger werden, so wurde mir die Zeit immer länger, während der ihr süßes Leben dem Ende zuging.

Endlich, eines Abends im Herbst, als eine

seltsame windstille Ruhe in der Natur herrschte, rief mich Morella an ihr Bett. Ein trüber Nebel lag über der Erde, aus dem das warme Licht eines Regenbogens über das bunte Oktoberlaub schimmerte.

»Dies ist der Tag der Tage«, sagte sie zu mir, »zum Leben oder zum Sterben. Ein schöner Tag für die Söhne der Erde und des Lebens – ach, ein schönerer aber für die Töchter des Himmels und des Todes!«

Ich küßte ihr die Stirn, und sie sprach weiter:

»Ich sterbe und werde doch leben.«

»Morella!«

»Keinen Tag hast du mich wirklich lieben können – doch die, die du im Leben verabscheutest, wirst du im Tode anbeten.«

»Morella!«

»Noch einmal sage ich dir: ich sterbe nun. Aber in mir ist das Pfand der Gefühle, so gering sie auch waren, die du mir entgegenbrachtest. Und wenn mein Geist fortgeht von mir, dann wird das Kind leben, dein Kind und Morellas Kind. Doch werden deine Tage von nun an kummervoll sein, von jenem Kummer erfüllt, der das langlebigste aller Gefühle ist, wie die Zypresse der fortdauerndste unter den Bäumen. Die Stunden des

Glücks sind für dich vorbei, denn Freude erntet man nicht zweimal im Leben, wenn es auch Rosen gibt, die zweimal blühen. Wie die gläubigen Moslems von Mekka wirst du hinfort dein Leichentuch ständig mit dir tragen.«

»Morella!« rief ich. »Wie kannst du mir das prophezeien?« Sie wandte sich aber von mir ab, verbarg ihr Gesicht in den Kissen und begann leise zu zittern. So starb sie, ohne daß ich ihre Stimme noch einmal vernommen hätte.

Wie sie vorhergesagt hatte, blieb ihr Kind, das sie im Sterben gebar, am Leben – eine Tochter war es, die erst zu atmen begann, als ihre Mutter gerade ihren letzten Atemzug getan hatte. Das Mädchen nahm seltsam an Gestalt und Verstand zu und wurde das vollkommene Ebenbild der Toten, und ich liebte sie mit einer tieferen Liebe, als ich jemals geglaubt hatte, für einen Menschen empfinden zu können.

Doch bald verdunkelte sich der Himmel dieser reinen Zuneigung. Sorgen, Gram und Erschrecken legten sich als düsteres Gewölk darüber. Ich erwähnte bereits, das Kind nahm eigenartig an Gestalt und Verstand zu. Ihr schnelles körperliches Wachstum befremdete jeden, doch furchtbar, ja wahrhaft entsetzlich, waren die in mir aufsteigenden Ahnungen, als ich die Entwicklung ihres Geistes erlebte. Wie konnte ich mich ihnen auch entziehen, wenn ich täglich in den Einfällen des Kindes die Kraft und das Selbstbewußtsein einer erwachsenen Frau sah, und wenn ich aus seinem Munde Weisheiten des Alters vernahm, mir aus seinen dunklen, wissenden Augen reife Erfahrung und Leidenschaft entgegenblickten. Wenn ich nun also dies alles erschrocken erkennen mußte, wenn ich mir bebend endlich die Realität meiner Beobachtungen eingestand, wie konnte es da anders sein, als daß ein furchtbarer Verdacht in mir aufstieg und meine Gedanken entsetzt zurückwanderten zu den wundersamen Erzählungen und den beunruhigenden Theorien der begrabenen Morella. Ich verbarg darauf das Wesen, das mein Geschick mich zu lieben zwang, vor den Augen der Welt und wachte in der strengen Abgeschiedenheit meines Heims mit tödlicher Angst über das Objekt meiner neuen, alten Lieben.

Während die Jahre dahineilten, entdeckte ich von Tag zu Tag in der Betrachtung ihrer reifenden Formen immer neue Ähnlichkeiten zwischen dem Kind und der toten, melancholischen Mutter. Unübersehbar und beängstigender wurde diese Übereinstimmung, ein immer schwärzer und deutlicher werdender Schatten. Lächeln, Augen, Stirn und Haare, die Ausdrücke und Sprüche der Toten bei der Lebenden, die ich nun liebte, das nährte meine verzehrenden Gedanken und mein schwelendes Entsetzen – der Wurm, der nicht sterben wollte.

So vergingen die ersten zehn Jahre ihres Lebens, und noch immer wandelte meine Tochter ohne Namen über diese Erde. »Mein Kind«, »mein Liebes«, rief ich sie in väterlicher Zuneigung, und die Zurückgezogenheit, in der sie aufwuchs, machte keine anderen Namen erforderlich. Morellas Namen hatte mit ihr gemeinsam den Tod gefunden. Nie hatte ich zur Tochter von der Mutter gesprochen – es war mir unmöglich, sie auch nur zu erwähnen. Eindrücke von der Außenwelt hatte das Kind durch unser einsames Leben so gut wie nie erhalten. Aber schließlich stieg in meinem ständig aufs neue verunsicherten Hirn der Gedanke auf, daß die Taufzeremonie vielleicht ein endgültiger Ausweg aus allen dunklen Ahnungen und Schrecknissen sein mochte.

Doch am Taufbecken zögerte ich mit dem Namen. Viele voll Weisheit und Wohlklang fielen mir ein. Namen aus alten und neuen Zeiten, aus der Heimat und fernen Ländern lagen mir auf der Zunge, mit denen man das Schöne, Gute, Edele tauft. Was trieb mich da, jagte mich den Namen der in die Gruft Gelegten zu beschwören? Welcher Dämon fuhr in mich, jenen Namen tatsächlich zu flüstern, bei desser Erinnerung mir schon das Blut in den Schläfen zu pochen begann? Welcher Satan stieg da aus den Abgründen meiner Seele empor, um mir das Wort in den Mund zu legen, das ich in der düsteren Kapelle dem heiligen Mann ins Ohr flüsterte: Morella? Was für ein Todesengel packte da mein Kind, verzerrte sein Gesicht und übergoß es mit Totenbleiche, als sie bei dem kaum vernehmbaren Namen zitternd ihre glasigen Augen zum Himmel hob und dann auf die schwarzen Steinplatten unserer Familiengruft niedersinkend rief: »Hier bin ich!«?

Deutlich, kalt, unüberhörbar klar und deutlich erreichten diese schlichten Worte mein Ohr und zischten von dort gleich geschmolzenem Blei in mein Hirn. Jahre, viele, viele Jahre mögen vergehen, ohne je diese Erinnerung zu mildern! Blumen und

Weinreben sah ich schon noch, doch standen sie mir von nun an immer im Schatten von Schierling und Zypressen. Nicht Zeit und Ort erkannte ich mehr, meine Lebenssterne erloschen mir am Himmel, daß die Erde finster wurde und ihre Gestalten nur noch huschende Schatten waren, unter denen ich nur die eine immer erkennen konnte – Morella! Der Wind flüsterte nur noch einen Laut, und die Brandung rauschte ihn unaufhörlich: Morella. Aber sie starb, und ich trug sie zu Grabe mit meinen eigenen Händen, und ich lachte lange und bitter, als ich in der Gruft, in der ich auch die zweite begrub, keine Spur mehr fand von der ersten – Morella!

# BERENICE

*Und man versprach mir, es würde mir wohl den Kummer erleichtern, wenn ich das Grab der Geliebten besuchte.*

*Ebn Zaiat*

Das Elend hat viele Gesichter, und der irdische Jammer ist vielgestaltig. Wie der Regenbogen überspannen sie in vielen Schattierungen den menschlichen Horizont, die Farben fließend und doch deutlich zu unterscheiden. »Ein Regenbogen am Horizont« – wie komme ich nur dazu Schönheit als Vergleich für etwas Dunkles, Grausiges zu benutzen, wie komme ich vom Zeichen des Friedensbundes auf ein Sinnbild der Sorgen? Aber wie im Bösen bereits das Gute mit angelegt ist, so entspringt das Leid mitten aus der Freude. So machen uns entweder die Erinnerungen an vergangenes Glück die Gegenwart zur Qual, oder unsere Pein, die *ist,* entsteht aus den Freuden, die *hätten sein können.*

Mein Taufname ist Egaeus; meinen Familiennamen will ich nicht nennen. Aber es gibt im ganzen Lande keine Mauern, die mehr Jahre und Ruhm gesehen als die des grauen Schlosses meiner Väter. Man hat unsere Familie ein Geschlecht von Visionären genannt, und viele Eigenheiten unseres Stammsitzes gaben diesem Glauben eine gewisse Berechtigung; ich denke an die Fresken des Salons, die Wandbekleidungen der Schlafzimmer, die ziselierten Strebepfeiler der Waffenkammer, dann ganz besonders an die Galerie alter Gemälde, an den Eindruck, den das Bibliothekzimmer machte, und ganz besonders an den Inhalt dieser Bibliothek.

Alle Erinnerungen aus meiner frühen Jugend sind mit diesem Zimmer und seinen Büchern, von denen ich jedoch nichts weiter sagen will, aufs engste verbunden. In diesem Raum starb meine Mutter. Hier wurde ich geboren. Aber es ist wohl müßig, zu behaupten, daß ich nicht schon vorher gelebt – daß unsere Seele keine vorgeburtliche Existenz habe. Sie leugnen es? Wir wollen nicht weiter darüber streiten! Überzeugt, wie ich selbst bin, habe ich kein Verlangen, andere zu überzeugen. (Es gibt da eine Erinnerung an ätherische Formen, an geisterhafte, vielsagende Augen, an melodisch traurige Töne – eine Erinnerung, die mich nie verlassen wird, ein Andenken, wie ein Schatten unbestimmt, unbeständig, veränderlich und auch einem Schatten ähnlich in der Unmöglichkeit, mich von ihnen zu befreien, solange die Sonne meiner Vernunft leuchtet.)

In diesem Zimmer wurde ich also geboren. Ich kam aus der langen Nacht, die nur scheinbar das Nicht-Dasein ist, in ein Geisterland, in ein Zauberschloß, in seltsame Gefilde des Gedankens und scholastischer Gelehrsamkeit. Ist es da verwunderlich, daß ich mit erschrockenen, heißen, Augen um mich blickte, daß ich meine Kinderzeit unter Büchern begrub und meine Jugend als Träumer vertat?

Seltsam und verwunderlich ist nur, daß, als die Jahre flohen und der volle Mittag meiner Männlichkeit mich noch im Hause meiner Väter fand, die Quellen meines Lebens plötzlich zu versiegen schienen und sich eine vollständige Veränderung in dem Wesen selbst meiner gewöhnlichsten Gedanken vollzog. Die Wirklichkeiten der Welt berührten mich wie Halluzinationen und nur wie Halluzinationen, während die seltsamen Vorstellungen meiner Phantasie nicht etwa

die Nahrung meines Daseins wurden, sondern dieses Dasein selbst!
Berenice und ich waren Geschwisterkinder und wuchsen zusammen im väterlichen Schloß auf. Doch entwickelten wir uns verschieden: ich war kränklich und stets in tiefe Melancholien versunken – sie dagegen lebhaft, graziös und von überströmender Lebenskraft. Ich vergrub mich in mein Studierzimmer – sie streifte glücklich durch die Parks. Ich lebte nur in meinem Herzen und weihte Körper und Geist den tiefsten, schmerzvollsten Betrachtungen – sie eilte sorglos durchs Leben, ohne an die Schatten auf ihrem Pfade zu denken oder je über den schweigsamen Rabenflug der Stunden zu erschrecken. Berenice! Berenice! Laut rufe ich ihren Namen, und wild flattern tausend Gedanken aus den grauen Ruinen der Erinnerung auf. Und wieder steht sie deutlich vor mir, wie in den ersten Tagen ihrer leichtherzigen Fröhlichkeit. Berenice! Die leuchtende, phantastische Schönheit! Und dann wurde alles zum grausigen Geheimnis – eine Geschichte begann, die man nicht erzählen sollte.

Ein Übel, ein verhängnisvolles Übel überfiel sie wie ein Taifun. Vor meinen Augen wurden ihr Körper, ihr Gemüt, die ganze Einheit ihres Wesens eine Beute des gräßlichen Zerstörers, der wie ein Vernichter kam und ging! Doch wo blieb sein Opfer? Die Kranke kannte ich nicht – kannte sie nicht als Berenice! Unter dem zahlreichen Gefolge von Leiden, welche dieser erste furchtbare Aufruhr in dem sinnlichen und geistigen Sein meiner Cousine nach sich zog, muß ich eine Art von Epilepsie als eines der traurigsten und hartnäckigsten bezeichnen. Sie ging häufig in vollständigen Starrkrampf über, der alle Merkmale der wirklichen Auflösung an sich trug, obwohl sich die Kranke stets wieder, und zwar ganz plötzlich, von ihm erholte.

Zu gleicher Zeit wuchs mein eigenes Übel erschreckend schnell und bildete sich zu einer Monomanie aus, die sich auf ganz neue, außerordentliche Weise äußerte. Von Stunde zu Stunde – von Minute zu Minute wurde sie stärker und errang zuletzt eine unbeschränkte Herrschaft über mich. Diese Monomanie bestand in einer krankhaften Reizbarkeit jener geistigen Fähigkeit, welche die psychologische Wissenschaft unter dem Ausdruck »die Fähigkeit zur Aufmerksamkeit« begreift. Man wird mich höchstwahrscheinlich nicht verstehen, denn ich fürchte, es wird auf keine Art und Weise möglich sein, einen genauen Begriff von der Innerlichkeit des nervösen Interesses zu geben, mit welchem ich mich auf die Betrachtung der allergewöhnlichsten Gegenstände des Weltalls warf und in dieselben vergrub.

Ich konnte stundenlang und unermüdlich über irgendeine kindische, oberflächliche Bemerkung am Rande oder im Texte eines Buches nachsinnen. Zuweilen wurde ich den größten Teil eines Sommertages ganz von der Betrachtung irgendeines Schattens in Anspruch genommen, der schräg auf die Tapete oder den Fußboden fiel. Es war möglich, daß ich mich eine ganze Nacht hindurch in den Anblick der ruhigen Flamme einer Lampe oder der Glut eines Kohlenfeuers verlor oder ganz monoton ein alltägliches Wort so lange wiederholte, bis sein Klang jeden Sinn für mich verloren hatte. Manchmal erstickte ich auch in mir jedes Gefühl körperlichen Daseins durch eine hartnäckig fortgesetzte, vollkommene Ruhe. Das sind einige der häufigsten und harmlosesten Abirrungen meines kranken Geistes. Vielleicht erscheinen sie nicht ganz ohne Beispiel – jedenfalls spotten sie jeder Erklärung.

Doch möchte ich nicht mißverstanden werden. Diese ungebührlich tiefe, krankhafte Aufmerksamkeit, welche von an sich ganz unbedeutenden Dingen erregt wurde, darf nicht mit dem natürlichen Hang zum Grübeln verglichen werden, den alle Menschen mehr oder weniger verspüren und dem sich ganz besonders Personen mit lebhafter Phantasie oft überlassen. Meine Krankheit war nicht, wie es vielleicht scheinen könnte, der äußerste Ausdruck dieser Neigung, sondern etwas von ihr ursprünglich und wesentlich Verschiedenes. Im ersten Falle wird der Träumer, der Schwärmer, gewöhnlich durch einen nicht alltäglichen, nicht banalen Gegenstand angeregt, und in einer Wildnis von Deduktionen und Suggestionen, die ihm derselbe aufzwingt, verliert er unbemerkt diesen Gegenstand selbst aus den Augen, so daß er schließlich, am Ende seiner Träume, die für ihn selbst übrigens meist angenehm, wollüstig angenehm sind, die erste Ursache seines Nachdenkens verloren und vergessen hat. In meinem Falle jedoch war der Ausgangspunkt stets unbedeutend, obwohl er durch das Medium meiner krankhaften Anschauung eine scheinbare Wichtigkeit erhielt. Nur äußerst selten gab ich mich irgendwelchen Folgerungen hin; und wenn es einmal der Fall war, kehrten sie stets wieder mit Hartnäckigkeit auf ihren Ausgangspunkt zurück. Die Betrachtungen waren niemals angenehm; und zum Schlusse war mir die erste Ursache der Grübelei nicht entschwunden, sondern hatte in mir eben jenes unheimliche, unnatürlich gesteigerte Interesse erregt, das als das eigentliche Merkmal meines Übels anzusehen ist.

Kurz also: Die Fähigkeit des Geistes, die bei mir krankhaft reizbar war, bestand, wie ich schon sagte, in einer Fähigkeit zur Aufmerksamkeit, während bei dem gewöhnlichen Träumer die Gabe der Betrachtung in Tätigkeit tritt.

Wenn die Bücher, die ich in jener Epoche las, das Übel auch nicht gerade erregten, so steigerte ihr mystischer und zuweilen wenig logischer Inhalt, der mich zu immer neuem Grübeln trieb, meine Krankheit doch in beängstigender Weise. Ich erinnere mich unter anderem noch sehr genau der Abhandlung des edlen Italieners Coelius Secundus Curio »De Amplitudine Beati Regni Dei«, des großen Werkes des heiligen Augustinus »Die Stadt Gottes« und Tertullians »De Carne Christi«, in welchem sich der paradoxe Ausspruch findet, der mich mehrere Wochen lang in schwerem, furchtlosem Nachdenken gebannt hielt: »Mortuus est Dei filius; credibile est quia ineptum es; et sepultus resurrexit; certum et quia impossibile est.« –

Mein Geist, den so unbedeutende Dinge aus dem Gleichgewicht bringen konnten, mochte wohl Ähnlichkeit mit jenem Meerfelsen haben, von dem Ptolemäus Hephestion erzählt, daß er aller menschlichen Gewalt, ja dem wilden Ansturm der Elemente widerstand, doch in seinen Grundfesten erbebte, wenn man ihn mit der Blume Asphodill berührte. So wird nur ein oberflächlicher Denker glauben können, daß ich über die Verwüstungen, die das unglückselige Leiden in dem seelischen Zustande Berenicens angerichtet, in meiner krankhaften Art nachgegrübelt hätte. Tatsächlich war dies durchaus nicht der Fall.

In meinen klaren Augenblicken empfand ich wohl sehr viel Kummer über ihr Unglück; der Gedanke an den vollständigen Schiffbruch, den ihr schönes, heiteres Leben erlitten, schnitt mir tief ins Herz, und ich dachte oft und mit Bitterkeit über die bösen Zauberkräfte nach, die eine so grauenhafte Umwandlung bewirken konnten. Doch hatten diese Reflexionen nichts von der Idiosynkrasie meines Übels an sich und mochten in dieser Gestalt unter ähnlichen Umständen wohl von allen Menschen angestellt werden. Mein krankes Grübeln beschäftigte sich vielmehr mit den weniger wichtigen, aber vielleicht auffallenderen Veränderungen, die sich in der körperlichen Erscheinung Berenicens vollzogen hatten – mit der sonderbaren und erschreckenden Verzerrung ihres äußeren Wesens.

Ich wußte bestimmt, daß ich sie in den strahlenden Tagen ihrer unvergleichlichen Schönheit nicht geliebt hatte. Die seltsame Anomalie in meinem Dasein ließ meine Gefühle niemals dem Herzen, ließ meine Leidenschaften stets dem Gedanken entspringen. In früher, grauer Morgendämmerung – zu Mittag unter den zitternden Schatten des Waldes –, des Nachts in der Stille meines Bibliothekzimmers war sie vor meinen Augen erschienen: nicht als die lebende, atmende Berenice, sondern als die Berenice eines Traumes; nicht als die Abstraktion eines solchen Geschöpfes, nicht als ein Gegenstand der Bewunderung, sondern als ein Objekt der Analyse, nicht als ein Wesen, geschaffen zur Liebe, sondern als Thema sinn- und planlosen Nachdenkens. Und nun

– nun erbebte ich in ihrer Gegenwart, nun erblaßte ich, wenn sie sich mir näherte, und plötzlich ward mir bewußt, daß sie mich seit langem liebte, und ich sprach ihr in einer bösen Stunde trotz ihres zerfallenen, trostlosen Zustandes von Heirat.

Der Tag, den wir für die Hochzeit festgesetzt hatten, nahte heran. Ich saß an einem Winternachmittag – es war ein sonderbar ruhiges, nebliges, warmes Wetter – in meinem Bibliothekzimmer und glaubte mich allein. Doch als ich meine Augen erhob, sah ich Berenice vor mir stehen.

Lag es an meiner wilden Phantasie – oder an dem Einfluß der Nebelluft, an der unbestimmten Dämmerung im Zimmer, an der dunklen Kleidung, die sie in langen Falten umhüllte, daß mir ihre Umrisse so schwankend und undeutlich erschienen? Ich vermag es nicht zu entscheiden. Vielleicht war sie während ihrer Krankheit gewachsen? Sie sagte kein Wort, und ich – hätte nicht für die Welt eine Silbe sprechen können. Ein Schauder durchfuhr meinen Körper; ein Gefühl unerträglicher Angst bedrückte mich; eine verzehrende Neugierde rang sich in meiner Seele hoch; ich sank in meinen Stuhl zurück und verharrte eine Zeitlang regungslos, atemlos, die Blicke fest auf Berenice gerichtet. Ach, wie erschreckend sie abgemagert war! Ich konnte keine Spur des früheren Wesens auch nur im flüchtigsten Umriß wiedererkennen.

Meine wilden Blicke fielen endlich auf ihr Gesicht: die Stirn war hoch, sehr bleich und sonderbar ruhig. Ihr früher pechschwarzes Haar fiel zum Teil über dieselbe und beschattete die hohlen Schläfen mit zahllosen Lokken von schreiend gelber Farbe, deren phantastischer Anblick grausam gegen die müde Trauer ihrer Züge abstach. Die Augen waren ohne Leben und Glanz und scheinbar ohne Pupillen, und unwillkürlich schraken meine Blicke vor ihrem gläsernen Starren zurück und betrachteten ihre dünnen, zusammengeschrumpften Lippen. Sie teilten sich, und mit einem besonderen bedeutsamen Lächeln enthüllten sich die Zähne der also veränderten Berenice. Wollte Gott, daß ich sie nie gesehen hätte oder daß ich nach ihrem Anblick gestorben wäre! . . .

Das Geräusch einer sich schließenden Tür schreckte mich empor: Ich gewahrte, daß meine Cousine das Zimmer wieder verließ. Doch das weiße Gespenst ihrer Zähne war aus meinem Gehirn nicht zu bannen, nicht fortzutreiben. Jedes Fleckchen auf ihrer Oberfläche, jede Tönung auf ihrem Email, jede Ausbuchtung an der Schneide hatte ihr flüchtiges Lächeln meinem Gedächtnis unauslöschlich eingebrannt! Ich sah sie jetzt sogar deutlicher, als ich sie soeben gesehen, diese Zähne! – diese Zähne! – Sie waren hier – und waren dort – und überall, sichtbar, greifbar vor mir: lang, schmal und außerordentlich weiß. Bleiche Lippen zogen sich um sie herum, genau wie in dem schrecklichen Augenblick, da ich sie zuerst gesehen! Dann überfiel mich meine krankhafte Einbildungssucht mit wilder Wut, und vergebens kämpfte ich gegen ihre unerklärliche, unwiderstehliche Gewalt! Unter den zahllosen Gegenständen der äußeren Welt, hatte ich nur noch Gedanken für diese Zähne. Nach ihnen trug ich ein wahnsinniges Verlangen. Alle Erscheinungen der Welt, alle Interessen des Lebens wurden davon aufgesogen. Sie – sie allein waren meinem inneren Auge gegenwärtig, ihr Wesen wurde zum alleinigen Inhalt meines Gedankenlebens. Ich betrachtete sie von jedem Gesichtspunkte, von jeder Seite aus. Ich studierte ihre besonderen Merkmale, ich sann über ihre Eigentümlichkeiten nach, ich grübelte über ihre

Ähnlichkeit untereinander. Ich forschte nach den Veränderungen, denen sie unterworfen waren. Und als ich ihnen in meiner Vorstellung Gefühlskraft und Ausdrucksfähigkeit auch ohne den Beistand der Lippen zuschreiben mußte, da schauderte ich! Von Mademoiselle Salle hat man sehr bezeichnend gesagt: »Que tous ses pas étaient des sentiments«, und von Berenice glaubte ich viel fester, daß alle ihre Zähne Ideen seien. Ideen! War das der idiotische Gedanke, der mich zugrunde richten sollte? Ideen? Begehrte ich sie wohl deshalb so wahnsinnig? Ich fühlte, daß nur ihr Besitz allein mir jemals Frieden, jemals den Verstand zurückgeben könne.

So senkte sich der Abend auf mich herab, und die Dunkelheit der Nacht kam, blieb und verschwand wieder – ein neuer Tag erschien, und die Nebel einer zweiten Nacht schlugen um mich zusammen –, und noch immer saß ich regungslos in meinem einsamen Zimmer – noch immer saß ich in Betrachtungen versunken –, noch immer übte das Gespenst der Zähne seine schreckliche Macht und schwebte mit lebendiger, gräßlicher Deutlichkeit da und dort durch die wechselnden Lichter und Schatten des Zimmers. Endlich brach in meine Träume ein

Schrei des Entsetzens und der Furcht, dem nach einer Pause trostlose Stimmen und banges, schmerzerfülltes Seufzen folgten. Ich erhob mich von meinem Sitze, öffnete die Tür des Bibliothekzimmers und fand im Vorraum eine Dienerin, die mir tränenüberströmt verkündete, daß Berenice nicht mehr sei! Am frühen Morgen hatte ein Epilepsieanfall sie heimgesucht. Nun, bei Anbruch der Nacht, waren die Vorbereitungen zur Bestattung beendet, und das Grab erwartete seinen Bewohner.

Ich fand mich in der Bibliothek wieder. Allein. Es schien mir, als sei ich eben aus einem verwirrten, aufgeregten Traume erwacht. Ich wußte, daß es Mitternacht war und daß nach Sonnenuntergang Berenice begraben worden war. Doch hatte ich keine bestimmte Vorstellung von dem, was sich in der Zwischenzeit zugetragen. Meine Erinnerung daran war ein Gefühl wie Schrecken, den seine Unbestimmtheit nur grausiger, wie Entsetzen, das seine Gegenstandslosigkeit nur noch gräßlicher machte. Es war eine fürchterliche Stunde meines Lebens, angefüllt mit nebelhaften, unaussprechlichen, scheußlichen Erinnerungen. Ich bemühte mich, die Wirklichkeit zu erkennen, die ihnen zugrunde lag; vergebens! Von Zeit zu Zeit drang der schrille, durchdringende Schrei einer Frauenstimme wie das Gespenst eines verwehten Tones in mein Ohr. Ich hatte eine Tat vollbracht – doch welche? Laut stellte ich mir diese Frage . . . und das flüsternde Echo des Zimmers antwortete mir: – »doch welche?«

Neben mir auf dem Tische brannte eine Lampe, und ihr zur Seite stand eine kleine Kiste aus Ebenholz. Es war nichts Besonderes an ihr, und ich hatte sie schon oft gesehen, denn sie gehörte unserem Hausarzt. Aber wie kam sie da auf meinen Tisch, und weshalb schauderte ich, als ich sie erblickte? Doch – es war wohl nicht der Mühe wert, darüber nachzudenken! Meine Blicke wandten sich ab und fielen auf ein offenes Buch und eine Sentenz in demselben, die jemand unterstrichen hatte. Es waren die sonderbaren, aber einfachen Worte des Dichters Ebn Zaiat: »Dicebant mihi sodales, si sepulchrum amicae visitarem, curas meas aliquatulum fore levatas.« Wie kam es, daß sich beim Lesen dieses Satzes mein Haar emporsträubte, daß mein Blut in den Adern erstarrte?

Man klopfte leise an die Tür des Bibliothekzimmers, und leichenblaß trat ein Diener auf den Zehenspitzen herein. Seine Blicke waren schreckverwirrt, und er sprach mit leiser, erstickter Stimme. Was sagte er mir? – Ich vernahm nur Bruchstücke. Er sprach von einem gräßlichen Schrei, der das Schweigen der Nacht unterbrochen – sagte, daß die Dienerschaft zusammengelaufen sei und nach der Ursache gesucht habe. Dann wurde seine Stimme schmerzhaft gellend – redete von der Schändung des Grabes – von dem entstellten, aus den Leichentüchern gerissenen Körper, der noch stöhnte, noch pulsierte, noch lebte! Er deutete auf meine Kleider; sie waren mit Kot und Blut beschmutzt. Er sprach nicht, sondern ergriff sanft meine Hand, sie trug die Male menschlicher Nägel. Er richtete meine Aufmerksamkeit auf einen Gegenstand, der an der Wand lehnte – es war ein Spaten. Mit einem Schrei stürzte ich zum Tisch und ergriff die Ebenholzkiste. Ich hatte nicht die Kraft, sie zu öffnen, sie glitt aus meiner zitternden Hand, fiel schwer zu Boden und sprang entzwei; mit Gerassel rollten einige zahnärztliche Instrumente heraus und zweiunddreißig kleine, weiße, wie Elfenbein schimmernde Gegenstände, die sich auf dem Fußboden verstreuten . . .

DAS

# DAS STELLDICHEIN

*Wart' auf mich! Ich werd' dich finden in des kalten Schattentales Gründen*

*Henry King, Bischof von Chichester, beim Tod seiner Frau*

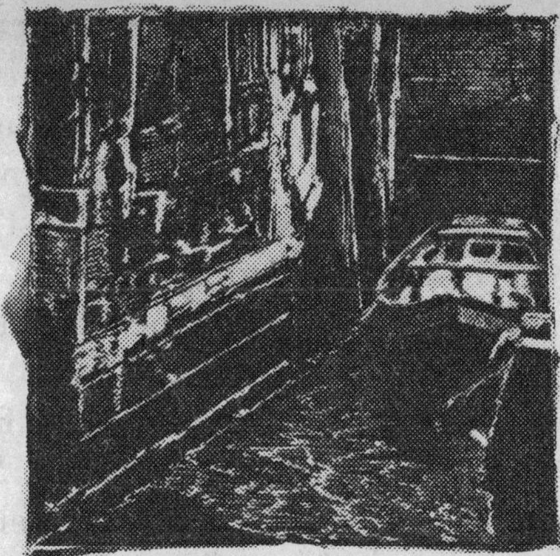

Unglücklicher und geheimnisvoller Mann! Im Funkeln deiner Phantasie gefangen und vom Feuer deiner jugendlichen Leidenschaft verschlungen! Wieder sehe ich dich vor mir. Wieder steigt deine Gestalt vor mir auf, nicht jene, die nun durch ein kaltes Schattental irrt, nein: die, welche du noch immer sein könntest. In ihr würdest du dein Leben prächtiger Träumerei in jener Stadt des Zwielichts verschwenden, *deinem Venedig!* Venedig, dem von den Sternen geliebten Elysium der Meere, wo die hohen Palastfenster mit tiefer, bitterer Bedeutung auf die Geheimnisse der stummen Wasser hinabblicken. Ja, so würdest du leben! Gewiß gibt es andere Welten als diese, andere Gedanken als die der Menge, andere Spekulationen als die des Sophisten. Wer wollte deine Art zu leben da in Frage stellen? Wer vermag dich da zu tadeln für die Stunden, in denen du dich ganz deinen Visionen hingabst? Wer könnte darin Verschwendung sehen, was für dich nur Ausdruck deiner unerschöpflichen Willenskraft und Lebensenergie war?

Es war in Venedig im gedeckten Bogengang der Seufzerbrücke, daß ich den Mann, von dem ich hier spreche, zum dritten oder vierten Mal traf. Meine Erinnerungen sind ein wenig verworren, wenn ich mir dies alles jetzt noch einmal ins Gedächtnis rufen will. Und doch erinnere ich mich, wie könnte ich es jemals vergessen, der tiefen Mitternacht, der Seufzerbrücke, der schönen Frau und dem Gefühl der Romantik, das über allem lag.

Ungewöhnlich dunkel war es in jener Nacht. Leer und schweigend lag der Campanile, und die Lichter des alten Dogenpalastes erloschen bereits eins nach dem anderen. Ich befand mich auf dem Heimweg von der Piazetta, auf dem Canale Grande. Gerade war meine Gondel gegenüber der Mündung des Kanals San Marco angekommen, da schallte plötzlich aus der Dunkelheit ein wilder, hysterischer weiblicher Schrei. Erschrocken sprang ich auf, und dem Gondoliere entglitt in der Überraschung das einzige Ruder, das in der Dunkelheit sofort verschwand, so daß wir mit der Strömung getrieben wurden. Wie ein ungeheurer, schwarzgefiederter Kondor glitt unsere Gondel so langsam in Richtung der Seufzerbrücke, als überall in den Fenstern und auf den Treppen des Dogenpalastes Fackeln aufflammten und die Finsternis jäh in blaßviolettes, unnatürliches Licht tauchten.

Ein Kind war den Händen der Mutter entglitten und aus einem der oberen Fenster des mächtigen Bauwerkes in die schwarze Tiefe des Kanals gestürzt. Schon hatte sich das ölige Wasser wieder still über seinem Opfer geschlossen. Zwar war keine andere Gondel in Sicht, aber schon suchten einige kühne Schwimmer auf dem Wasser nach dem Schatz, der jedoch wohl nur noch in der Tiefe zu finden war. Auf den breiten, dunklen Marmorfliesen vor dem Eingang des Palastes stand, nur wenige Fuß über dem Kanal, eine Gestalt, die niemand, der sie dort gesehen hat, jemals wieder vergessen wird. Es war die Marchesa Aphrodite – von ganz Venedig angebetet –, die Fröhlichste aller Feste – die

Lieblichste aller Schönheiten –, die junge Gattin des alten Intriganten Mentoni und die Mutter jenes zarten Kindes, ihres ersten und einzigen, das nun am Grund der schlammigen Wasser sich vergebens mühen mochte, der Mutter Namen zu rufen.

Sie stand allein. Ihr kleiner nackter, silberglänzender Fuß schimmerte auf dem schwarzen Marmor. Das Haar, halb dem künstlichen Aufbau entwunden, den sie auf dem Fest getragen, das eben erst geendet, umringelte in blauschwarzen, von Diamanten betropften Lockentrauben den herrlichen Kopf. Ein schneeig weißes, schleierleichtes Gewand schien als einzige Hülle ihre zarte Gestalt zu bedecken; doch die Mittsommermitternacht war heiß, schwül, bleiern, und keine Bewegung in der statuengleichen Gestalt verschob die Falten des Nebelgespinstes, das sie umhing, wie der schwere Marmor die Niobe umhängt. Aber – wie seltsam! – ihre großen, lichtstrahlenden Augen ruhten nicht unten auf dem Grabe, das eben ihre schönste Hoffnung verschlungen – sie starrten weit, weit hinaus . . .

Ich glaube, das Gefängnis der alten Republik ist das stattlichste Gebäude von ganz Venedig; doch – wie konnte die Marchesa

Aphrodite dasselbe nur so anstarren, jetzt, da ihr eigenes Kind im Todeskampfe dort unten lag? Und jene dunkle, düstervolle Nische, die gerade dem Fenster ihres Zimmers gegenüber aufgähnt – was konnte nur in ihrem Schatten, an ihrer Architektur, an ihren mit eisernem Laubwerk umrankten Friesen sein, das die Marchesa di Mentoni nicht schon tausendmal vorher gesehen? Müßige Frage! – Wer wüßte nicht, daß das Auge wie ein zertrümmerter Spiegel die Bilder seines Schmerzes vervielfältigt und in jedem noch so weit entfernten Ort den Jammer sieht, der vor seinen Füßen liegt? Ein paar Stufen höher als die Marchesa, unter dem Portale, stand, noch in vollem Festanzug, die satyrgleiche Gestalt Mentonis. Er klimperte auf seiner Gitarre herum und schien unglaublich gelangweilt, während er hin und wieder Befehle zur Rettung des Kindes gab. Ich, meinerseits, war bestürzt und wie leblos und fand nicht Kraft, meine jähe aufrechte Stellung, zu welcher mich der Schrei emporgerissen, zu verändern; geisterhaft und vorbedeutend muß ich mit bleichem Angesicht und erstarrten Gliedern in meiner trauerflorgefiederten Gondel an der erregten Gruppe am Ufer vorübergeglitten sein.

Alle Rettungsversuche waren natürlich vergebens, und selbst die kühnsten Schwimmer gaben ihre Anstrengungen auf und überließen sich düsterer Stimmung. Das Kind schien hoffnungslos verloren (wieviel hoffnungsloser mußte die Mutter sein!), als plötzlich aus dem Innern jener dunklen Nische des alten republikanischen Gefängnisses eine mantelumhüllte Gestalt in die Helle heraustrat, einen Augenblick am Rande des schwindelnden Ufers stehenblieb und dann kopfüber in den Kanal stürzte. Als sie einen Augenblick später mit dem noch atmenden Kinde in den Armen auf den Marmorfliesen an der Seite der Marchesa stand, fiel ihr von Wasser durchtränkter Mantel zu ihren Füßen nieder und enthüllte den verwunderten Zuschauern die anmutvolle Gestalt eines jungen Mannes, von dessen Namen damals ganz Europa widerklang. Kein Wort sprach der Retter. Aber die Marchesa! Nun wird sie ihr Kind umfangen – wird es an ihr Herz drücken –, wird seine kleine Gestalt an sich pressen und mit ihren Zärtlichkeiten beruhigen! Ach! andere Arme nahmen es von dem Fremden entgegen – andere Arme trugen es fort, von der Mutter unbeachtet, in den großen Palast! Und die

Marchesa! Ihre Lippen – ihre schönen Lippen zittern; Tränen steigen in ihre Augen, und sieh, ein Schauder fährt aus ihrer Seele auf, durchbebt ihre ganze Gestalt – die Statue wird lebendig! Über die Blässe ihres marmornen Antlitzes, über die Rundung des Marmorbusens, über die leuchtende Reinheit ihrer marmornen Füße rinnt plötzlich eine Flut schimmernden Rosenlichtes, und ein leichtes Erschauern geht über ihr zartes Gesicht wie die liebliche Luft Neapels über die schlanken Silberlilien im Grase.

Weshalb nur mochte die Dame erröten? – vielleicht, weil sie in der angstvollen Hast ihres mütterlichen Herzens die Verschwiegenheit ihres Gemaches verließ, ohne ihre zarten Füße in die Pantöffelchen zu stecken und die gewohnte Hülle um ihre Schultern zu breiten? Welch anderen Grund könnte man sonst für ihr Erröten finden? – für das Aufglänzen ihrer seltsam verlangenden Augen? – für den Aufruhr in ihrem wild klopfenden Busen? – für den krampfhaften Druck ihrer zitternden Hand? – ihrer Hand, die, als Mentoni in den Palast zurückgekehrt, wie zufällig auf die Hand des Fremden fiel – welchen Grund mochte es wohl haben, daß sie sonderbar leise mit den eilig geflüsterten sinnlosen Worten von ihm Abschied nahm: »Du hast gesiegt, das Murmeln der Wasser hat mich nicht getäuscht – du hast gesiegt –, eine Stunde nach Sonnenaufgang werden wir uns treffen – so soll es sein!«

Der Tumult ließ nach, die Lichter im Palast erloschen eins nach dem anderen, und der Fremde, der mir wohlbekannt war, stand allein auf den Fliesen. Er schauderte einen Augenblick mit einer seltsamen Bewegung zusammen, dann blickte sein Auge suchend nach einer Gondel umher. Ich konnte nicht umhin, ihn aufzufordern, sich meiner eigenen zu bedienen – und er nahm das Angebot gern an. Es gelang uns, ein neues Ruder aufzutreiben, und bald glitten wir seiner Wohnung zu, während er nach und nach, doch immerhin schnell, seine Selbstbeherrschung zurückgewann und mit herzlichem Ton von unserer früheren flüchtigen Bekanntschaft sprach.

Es gibt einige Menschen, über die ich nur eingehend sprechen möchte, und die Person des Fremden – lassen Sie ihn mich so nennen, denn für diese Welt war er stets ein Fremder – gehört zu ihnen. Seine Größe war vielleicht eher unter als über dem Mittelmaß, obwohl sich seine Gestalt in Augenblicken der Leidenschaftlichkeit reckte und wuchs, so daß sie diese Behauptung wieder Lügen strafte. Die leichte, fast zarte Symmetrie seines Antlitzes redete mehr von Taten solch raschen Handelns, wie er es an der Seufzerbrücke gezeigt, als von jener übermenschlichen Kraft, die er ohne Anstrengung bei gefährlichen Gelegenheiten schon bewiesen. Der Mund und das Kinn waren schön wie die eines Gottes – die Augen seltsam wild, glutvoll und klar, und ihr Glanz schwankte zwischen reinstem Haselbraun und grundlosestem, glänzendstem Jettschwarz –, aus einer Fülle dunklen Lockenhaares schimmerte eine ungewöhnlich breite Stirn in lichtem Elfenbein. Niemals sah ich Züge von solch klassischer Regelmäßigkeit; nur den marmorstarren Linien des Kaisers Commodus waren sie vergleichbar. Doch gehörte sein Antlitz zu denen, die jeder Mensch in seinem Leben einmal gesehen hat – und dann niemals wieder. Es hatte keinen besonderen, keinen bleibenden, herrschenden Ausdruck, der sich dem Gedächtnis hätte einprägen können; ein Antlitz, das man sah und vergaß, doch mit dem unbestimmten Wunsche vergaß, es sich wieder ins Gedächtnis zurückrufen zu können. Wohl warf der

Geist jeder schnellen Leidenschaft sein deutliches Abbild auf den Spiegel dieses Antlitzes; aber der Spiegel hielt, spiegeltreu, keine Spur der Leidenschaft zurück, wenn jener Geist wieder entflohen war. Als ich ihn in der Nacht nach unserem Abenteuer verließ, bat er mich, wie es mir vorkam ziemlich dringend, ihn am anderen Morgen sehr früh zu besuchen. Kurz nach Sonnenaufgang fand ich mich denn auch in seinem Palaste ein, in einem jener ungeheuren Gebäude von düsterem, phantastischem Pomp, die sich an dem Wasser des großen Kanals in der Nähe des Rialto auftürmen. Man wies mich eine breite, gewundene, mosaikbelegte Treppe hinauf, in ein Gemach, dessen unvergleichliche Pracht wie ein strahlender Lichtstrom durch die offene Tür zu mir herausglänzte, mich blendete und schwindlig machte.

Ich wußte, daß mein Freund sehr reich war. Die Fama sprach von seinen Besitztümern in Ausdrücken, die ich einmal als lächerliche Übertreibung zu bezeichnen gewagt hatte. Doch als ich nun meine Blicke umherschweifen ließ, kam mir der Gedanke, daß der Reichtum keines Mannes in ganz Europa genügt hätte, diese kaiserliche Pracht, die um mich her strahlte und glühte, herbeizuschaffen.

Obwohl, wie ich sagte, die Sonne schon aufgegangen, war das Gemach noch glänzend erleuchtet. Ich schloß aus diesem Umstande und auch aus den Spuren der Erschöpfung in den Zügen meines Freundes, daß er während der ganzen Nacht nicht zur Ruhe gegangen war. Aus der Architektur und der Ausschmückung des Zimmers sprach die offenbare Absicht, zu blenden und Erstaunen zu erregen. Auf die eigentliche Möblierung oder nationale Eigentümlichkeiten in der Zimmerausstattung hatte man nur sehr wenig Aufmerksamkeit verwandt. Das Auge wanderte von Gegenstand zu Gegenstand und blieb auf keinem haften – weder auf den Grotesken griechischer Maler noch auf den riesigen Teppichen Ägyptens. An allen Seiten des Zimmers zitterten reiche Draperien unter dem Hauche einer leisen, melancholischen Musik, deren Ursprung ich nicht entdecken konnte. Auf den Sinnen lasteten vermischte, miteinander streitende Düfte, die mit gleißenden, flackernden Zungen grünen oder violetten Lichtes aus sonderbaren, verschnörkelten Weihrauchschalen emporstiegen. Die Strahlen der eben aufgegangenen Sonne überströmten das Ganze durch Fenster, die je aus einer einzigen karmesinroten Scheibe bestanden. Auf den Vorhängen, die wie Katarakte von geschmolzenem Silber aus ihren Nischen hervorquollen, in tausend Reflexen widerspiegelnd, vermischten sich die natürlichen Strahlen mit dem künstlichen Lichte und wogten in zweifach glänzenden Strömen über einen Teppich von reichem, wie flüssig schimmerndem Goldstoff.

»Hahaha! – hahaha!« – lachte der Herr des Hauses, als er mich nach meinem Eintritt zu einem Sitze geleitete und sich selbst dann der Länge nach auf eine Ottomane warf. »Ich sehe«, fuhr er fort, da er zu bemerken schien, daß ich mich nicht sofort mit einem so eigentümlichen Empfang abfinden konnte, »ich sehe, Sie sind über dieses Gemach erstaunt – über die Statuen, die Bilder, über meine ganze originelle Anordnung und Einrichtung; Sie sind ganz berauscht – was? von der Pracht! Doch verzeihen Sie mir, lieber Freund (hier nahm seine Stimme einen Ton an, als spreche der Geist der Herzlichkeit selbst aus ihr), verzeihen Sie mir mein liebloses Lachen. Aber Sie sahen so ungeheuer erstaunt aus! Und überdies sind manche Dinge so spaßhaft, daß der Mensch lachen muß oder sterben. Lachend zu sterben muß der glorreichste aller glorreichen Tode sein. Sir Thomas Morus – er war ein prachtvoller Mensch –, Sir Thomas Morus starb lachend, wie Sie wissen. Und in den ›Absurditäten‹ des Ravisius Textor steht eine lange Liste von Menschen, die das gleiche prachtvolle Ende fanden. Wissen Sie vielleicht«, fuhr er nachdenklich fort, »daß in Sparta, dem jetzigen Palaeochori, im Westen der Stadt, unter einem Chaos kaum sichtbarer Ruinen eine Art Sockel steht, auf dem noch die Buchstaben lesbar sind? Sie sind zweifelsohne ein Teil des Wortes. Nun gab es in Sparta wohl tausend Tempel und geweihte Orte für tausend verschiedene Gottheiten. Wie außerordentlich seltsam, daß der Altar des Lachens alle anderen überdauert hat! Doch eigentlich habe ich jetzt«, schloß er mit sonderbar veränderter Stimme und Haltung, »kein Recht, auf Ihre Kosten lustig zu sein. Sie hatten Grund, erstaunt auszusehen. Europa kann nichts so Prächtiges hervorbringen, wie dieses kleine königliche Kabinett ist. Meine übrigen Gemächer gleichen ihm nicht. Im Gegenteil, sie sind wahre Ultras moderner Abgeschmacktheit. Dieses jedoch ist besser als jede Mode – nicht wahr? Und mancher brauchte es nur zu sehen, um ganz rasend darüber zu werden, daß er es sich auf Kosten all seines Vermögens nicht verschaffen konnte. Ich habe es jedoch vor jeder Profanierung bewahrt. Mit einer alleinigen Ausnahme sind Sie das einzige menschliche Wesen außer mir und meinem Kammerdiener, der zu den Geheimnissen dieses kaiserlichen Gebietes Zutritt hat, seit es so, wie Sie es nun erblicken, ausgeschmückt ist!«

Ich verbeugte mich schweigend, denn der überwältigende Eindruck dieser Pracht, der Düfte und der Musik sowie sein unerwartetes exzentrisches Benehmen und Reden ließen mich meine Bewunderung nicht in Worte kleiden und in einem Kompliment zusammenfügen.

»Hier«, begann er wieder, sprang auf, nahm meinen Arm und wanderte mit mir durch das Zimmer, »hier sind Gemälde von den Griechen bis Cimabue und von Cimabue bis zum heutigen Tage. Viele habe ich, wie Sie sehen, mit wenig Achtung vor der Tugend gewählt. Doch sind sie alle würdiger Schmuck für ein solches Zimmer. Hier sind ein paar Meisterwerke unbekannter Großer, und hier unfertige Entwürfe von Männern, die während ihres Lebens berühmt gewesen und deren Namen die scharfsinnigen Akademien der Vergessenheit und – mir überlassen haben. Was denken Sie«, fragte er dann plötzlich brüsk, »von der Madonna Della Pieta?«

»Es ist ja Guidos Original!« antwortete ich mit all der Begeisterung meines Wesens, denn ich hatte ihre Lieblichkeit schon lange staunend betrachtet. »Es ist Guidos Original! Wie ist es möglich, daß Sie es erlangt haben? Sie ist zweifellos das in der Malerei was die Venus in der Skulptur bedeutet!«

»Ach«, sagte er gedankenvoll, »die Venus – die schöne Venus? – die Venus von Medici? Mit dem kleinen Kopfe und dem goldenen Haar? Ein Teil des linken Armes (hier senkte er seine Stimme so, daß ich ihn nur mit Mühe verstehen konnte) und der ganze rechte Arm sind nachträglich ersetzt worden, und in der Koketterie jenes rechten Armes liegt für mein Empfinden die Quintessenz aller Affektation. Geben Sie mir den Canova! Auch der Apollo ist eine Kopie – zweifellos –, und ich blinder Tor kann nichts von der vielgerühmten Offenbarung in dem Apollo verspüren! Ich muß – bedauern Sie mich – den Antnous vorziehen. Sagte nicht Sokrates, daß der Bildhauer dieses Bild in dem Marmorblock gefunden? So wäre also Michelangelo nicht der erste mit seinem:

»Non ha l'ottimo artista alcun concetto
che un marmo solo in se non circonscriva.«

Man hat sehr oft oder könnte sehr oft bemerkt haben, daß das Benehmen eines bedeutenden Menschen sich in jedem Augenblick von dem Benehmen eines Alltagsmenschen unterscheidet, ohne daß man genau zu erklären vermag, worin der Unterschied eigentlich besteht. Das fühlte ich nie so deutlich wie an jenem ereignisreichen Morgen; und ich kann die Besonderheit im Wesen meines Freundes, die ihn von allen menschlichen Geschöpfen wesentlich unterschied, nur als die Gewohnheit beständigen Denkens kennzeichnen, die selbst seine trivialsten Handlungen durchdrang, seine Tändeleien vertiefte und sogar in den Ausbrüchen seiner Heiterkeit noch spürbar war – wie die Nattern, die sich aus den Augen der grinsenden Masken an den Friesen der Tempel von Persepolis herauswinden. Doch fiel mir wiederholt an dem halb leichtsinnigen, halb feierlichen Tone, mit dem er an diesem Morgen oft weitläufig über Dinge von gerin-

ger Wichtigkeit sprach, ein gewisses Schaudern auf – eine gewisse nervöse Salbung in seinem Tun und Reden –, eine unstete Erregbarkeit des ganzen Wesens, die mir unerklärlich schien und mich ein paarmal mit Unruhe erfüllte. Häufig brach er auch mitten in einem Satze, dessen Anfang er vergessen zu haben schien, ab und lauschte mit tiefster Aufmerksamkeit, als erwarte er in jedem Augenblick einen Besucher oder als höre er Klänge, die nur seiner Phantasie vernehmbar sein konnten. Während eines jener Augenblicke, da er ganz in Träumerei versunken war, entdeckte ich, als ich in einem Buche blätterte, das in der Nähe der Ottomane lag, eine mit Bleistift unterstrichene Zeile. Es war eine Stelle gegen Ende des dritten Aktes des »Orfeo«, der ersten schönen italienischen Tragödie – eine Stelle, die das Herz erbeben machte, die, obwohl wüster Begierde voll, kein Mann ohne den Schauder einer nie gefühlten Erregung, keine Frau ohne einen Seufzer lesen wird. Die ganze Seite war von frischen Tränen durchtränkt, und auf dem folgenden Blatte las ich Verse, von der Hand meines Freundes, jedoch so anders als sonst geschrieben, daß ich nur mit Mühe die Schrift wiedererkannte:

Alles warst du, meine Liebe,
alles was mein Herz begehrt,
Insel mir im Meer der Liebe,
wie ein Schrein von mir verehrt,
sah ich dich voll Zauberblüten,
keine Blüte mir verwehrt.

Du warst ein strahlend Traum,
Sternenhoffnung, die so bald,
verloschen mußt, erglänzet kaum!
Es ruft schon aus der Zukunft kalt:
»Nur vorwärts, nicht zurück muß schaun!«
Doch liegt mein Geist öd und kalt
im Gestern, kann kein Morgen baun!

Denn, weh!, mir entschwand
Lebenslicht, Hoffnungssphär'.
»Nie mehr – nie mehr – nie mehr« –
(Die Worte raunt am Strand
das Meer, ach, in der Brandung her)
soll blühen verdorrter Baum im Sand,
noch hebt das Wrack sich aus dem Meer!

Daß diese Verse in englischer Sprache geschrieben waren, überraschte mich nicht. Ich kannte die ausgedehnten Kenntnisse meines Freundes zu wohl und auch seine sonderbare Neigung, dieselben soviel wie möglich zu verbergen. Aber der Ort des Datums setzte mich doch in Erstaunen. Das Gedicht war in London verfaßt worden, später hatte man ein anderes Wort über den Namen geschrieben, jedoch nicht so, daß ein forschendes Auge den ersten nicht mehr hätte lesen können. Ich sage, daß mich dieses alles in Erstaunen setzte, denn ich erinnerte mich wohl, daß ich in einer früheren Unterhaltung meinen Freund einmal gefragt hatte, ob er nicht in London mit der Marchesa di Mentoni, die dort einige Jahre vor ihrer Verheiratung lebte, zusammengetroffen sei. Damals gab er mir eine Antwort, aus der ich entnehmen mußte, daß er die Hauptstadt Großbritanniens nie besucht habe. Ich kann hier nur erwähnen, daß ich sehr oft gehört hatte (natürlich ohne einem so unwahrscheinlichen Gerücht Glauben zu schenken), der Mann, von dem ich spreche, sei nicht nur von Geburt, sondern auch durch seine ganze Erziehung ein Engländer.

»Hier ist noch ein Bild«, sagte er, ohne zu

bemerken, daß ich in der Tragödie blätterte, »das Sie noch nicht gesehen haben.« Er zog einen Vorhang beiseite und enthüllte ein Bild der Marchesa Aphrodite. Nie noch war es irdischer Kunst gelungen, überirdische Schönheit gleich vollkommen nachzubilden. Wieder stand ihre ätherische Gestalt, genau wie in der vorhergehenden Nacht auf den Stufen des Dogenpalastes, vor mir. Doch in dem Ausdruck ihrer Züge, die über und über im Lächeln strahlten, lauerte schon (unbegreiflicher Widerspruch!) jener verhängnisvolle Schatten von Traurigkeit, der von der vollkommenen Schönheit nun einmal unzertrennlich ist. Der rechte Arm deckte halb ihren Busen. Mit der Linken deutete sie auf eine sonderbar geformte Vase nieder. Ihr kleiner Feenfuß berührte nackt den Boden, und in der leuchtenden Luft, die ihre ganze Lieblichkeit einrahmte, dehnten sich, kaum wahrnehmbar, zwei hauchzarte Flügel. Mein Blick fiel von dem Bilde auf die Gestalt meines Freundes, und die kraftvollen Worte des Bussy D'Ambois kamen mir unwillkürlich auf die Lippen:

»Dort steht er wie das Steinbild eines Römers: und wird so stehn, bis ihn der Tod in Marmor wandelt!«

»Kommen Sie«, sagte er endlich und führte mich zu einem reichemaillierten, massiv silbernen Tische, auf dem phantastisch gearbeitete Becher und zwei etruskische Vasen standen, die nach dem sonderbaren Modell im Vordergrund des Porträts angefertigt zu sein schienen und mit Johannisberger gefüllt waren. »Kommen Sie«, sagte er, »wir wollen trinken; es ist wirklich früh«, fuhr er plötzlich, wie in tiefen Gedanken, fort, als eine Uhr im Gemache die erste Stunde nach Sonnenaufgang schlug, »es ist wirklich früh – aber was tut's? Wir wollen trinken, wir wollen der feierlichen Sonne, die diese prunkvollen Lampen und Weihrauchschalen vergebens verdunkeln möchte, ein Opfer bringen.« Und er trank mir aus einem der Riesenkelche zu und stürzte dann in rascher Folge noch mehrere Becher Wein hinunter. »Träumen«, sagte er und nahm den zerstreuten, flüchtigen Ton seiner Unterhaltung wieder auf: »Träumen war das Tun meines Lebens. Ich habe mir deshalb dieses Haus hergerichtet. Könnte ich hier im Herzen Venedigs ein besseres haben? Sie sehen allerdings einen Mischmasch der verschiedenen Bilder der Schönheit. Antidiluvianische Sprüche beleidigen die Keuschheit der Ionia, und ägyptische Sphinixe strecken sich auf golddurchwirkten Teppichen aus, und doch ist die Wirkung nur für den Furchtsamen unharmonisch. Eigentümlichkeiten des Ortes und besonders der Zeit sind der Popanz, welcher der Menschheit die Betrachtung des Erhabenen verleidet. Wie jene arabeskengezierten Weihrauchschalen windet sich mein Geist in Feuern, und das Delirium dieses Daseins macht mich reif für die wilderen Visionen im Lande jener wirklichen Träume, in das ich nun schnell enteile.« Hier schwieg er plötzlich, neigte sein Haupt und schien auf einen Ton zu lauschen, den ich nicht hören konnte. Dann richtete er sich auf, blickte empor und flüsterte jene Worte des Bischofs von Chichester:

Wart' auf mich! Ich werd' dich finden
in des kalten Schattentales Gründen.

Im nächsten Augenblick sprang er auf und warf sich – der Wein mochte wirken – in voller Länge auf die Ottomane. Da hörte ich einen schnellen Schritt auf der Treppe und gleich darauf ein lautes Klopfen an der Tür. Ich eilte, um zu öffnen, weil ich eine Störung fürchtete. Ein Page aus Mentonis Palast stürzte in das Gemach und stammelte mit abgehetzter Stimme die unzusammenhängenden Worte: »Meine Herrin, meine Herrin! Vergiftet – vergiftet! O schöne Aphrodite!«

Bestürzt eilte ich auf die Ottomane zu, um den Schläfer zu wecken, doch seine Glieder waren starr, seine Lippen totenbleich, seine eben noch glänzenden Augen versteint. Ich schwankte auf den Tisch zu, meine Hand fiel auf einen zersprungenen, schwarz angelaufenen Becher, und – die Erkenntnis der ganzen gräßlichen Wahrheit blitzte in meiner Seele auf.

# LIGEIA

*Und darin lieget der Wille, der niemals stirbt. Wer*
*kennet die Mysterien des Willens, seine Macht? Denn*
*Gott selbst ist auch nur ein großer Wille, der*
*alle Dinge Kraft seines Eifers durchdringet.*
*Der Mensch kann sich nicht zum Engel erheben, ja*
*dem Tod nur deshalb nicht widerstehen, weil es ihm*
*an der Stärke des Willens fehlet.*

*Joseph Glanville*

Auch wenn es um meine Seele ginge, ich könnte mich nicht mehr erinnern, wie, wann oder wenigstens wo ich die Bekanntschaft der Lady Ligeia machte. Inzwischen sind viele Jahre vergangen, und mein Gedächtnis hat gelitten unter dem, was ich ertragen mußte. Vielleicht ist es auch einfach so, daß ich mich *jetzt* nicht mehr daran erinnern kann, weil der Charakter meiner Geliebten, ihre ungewöhnliche Bildung, ihre einzigartige und doch so unauffällige Art der Schönheit und die zauberhafte und verhexende Macht ihrer tiefen melodiösen Stimme in Wahrheit so unmerklich wie unwiderstehlich mein Herz eroberten, ohne daß ich mir selbst dieser Eroberung je recht bewußt war. Doch will es mir zumindest scheinen, als habe ich sie zum ersten Mal und auch danach sehr oft in einer großen, alten, heruntergekommenen Stadt am Rhein getroffen. Was ihre Familie betrifft – sicher hat sie darüber gesprochen. Fest steht, daß es eine sehr alte Familie war, mit einer in fernste Jahrhunderte zurückgehenden Ahnenreihe. Ligeia! Ligeia! Vergraben in Studien, die mehr als alle anderen dazu geeignet sind, alle Eindrücke der Außenwelt in mir abzutöten, genügt noch immer dieses süße Wort allein – der Name Ligeia – mir ihr Bild vor Augen zu rufen, das Bild der Ligeia, die es nicht mehr gibt. Und während ich hier schreibe, blitzt mir die Erkenntnis auf, daß ich den Familiennamen der Frau, die meine Freundin und Vertraute wurde, die Partnerin meiner Studien und schließlich die Geliebte meines Herzens, *niemals erfahren habe*. War es eine spielerische Herausforderung von Seiten Ligeias gewesen? Oder war es als Probe meiner Zuneigung gedacht, daß ich keinerlei Auskünfte in dieser Richtung suchen sollte? Oder war es am Ende sogar eine Laune von mir selbst – eine wildromantische Opfergabe auf dem Altar meiner leidenschaftlichen Hingabe? Der genaueren Umstände kann ich mich nur undeutlich entsinnen – kein Wunder also, wenn ich den eigentlichen Grund dahinter völlig vergessen habe. Und in der Tat, wenn jemals jenes Gefühl, das man *Romantik* nennt – wenn jemals sie, die bleiche, von Nebel-Schwingen getragene *Astophet* des von Götter erfüllten Ägyptens, wie man sagt, bei Hochzeiten bösen Schicksals einkehrt, dann wachte sie gewiß über meiner.

Es gibt eine andere Sache, in der mein Gedächtnis mich nie im Stich läßt. Es ist Ligeias *äußere Erscheinung*. Ihre Gestalt war hochgewachsen, sehr schlank, in ihren letzten Tagen sogar ausgezehrt und hager. Vergeblich jeder Versuch, die Majestät, die stille Ruhe ihrer Bewegungen, die unvergleichliche Leichte und Beschwingtheit ihres Schrittes zu beschreiben. Sie kam und ging wie ein Schatten. Niemals bemerkte ich sie in mein Studierzimmer eintreten. Erst wenn die geliebte Musik ihrer dunklen süßen Stimme erklang und sich ihre marmorne Hand auf meine Schulter legte, nahm ich sie wahr. Kein Mädchen kam jemals ihrem Gesicht in Schönheit gleich. Es war das Leuchten eines Opiumraums – eine luftige, den Geist erhebende Vision, von wilderer Göttlichkeit als die Phantasien, die über den schlummernden Seelen der Töchter von Delos schweben. Doch besaßen ihre Züge nicht jene Regelmäßigkeit, die man uns fälschlicherweise an den Schöpfungen der heidnischen Antike zu bewundern gelehrt hat. »Es gibt keine wirklich exquisite Schönheit«, sagt Bacon, Lord Verulam, wenn er von den Formen und Erscheinungen der Schönheit spricht, sehr zu Recht, »ohne eine gewisse *Fremdartigkeit* der Proportionen.« Doch obwohl ich sah, daß die Züge Ligeias nicht von klassischem Gleichmaß waren – obwohl ich erkannte, daß ihre Lieblichkeit in der Tat »exquisit« war, und fühlte, daß in ihr viel »Fremdartigkeit« lag, blieben doch all meine Versuche vergeblich, das andere daran zu bestimmen und die Quelle jenes »Fremden« aufzuspüren. Ich prüfte die Linie der hohen, blassen Stirn – sie war tadellos –, was für ein kaltes Wort für solche göttliche Majestät! – die Haut konnte sich mit feinstem Elfenbein messen; die beherrschende Breite und der sanfte Schwung ihrer Schläfen; und dann das rabenschwarze, schimmernde, in üppigen Locken fallende Haar darüber, das mit vollem Recht den homerischen Ausruf »hyazinthen!« verdiente. Ich betrachtete den delikaten Bogen der Nase – und nur in den Medaillons der Hebräer sah ich je ähnliche Perfekton. Die gleiche luxuriöse Glätte der Oberfläche, die gleiche kaum wahrnehmbare Tendenz zum Fließenden, die gleichen harmonisch geschwungenen Nasenflügel, die von einem freien Geist zeugen. Ich vertiefte mich in den süßen Mund. Er war der Triumph aller himmlischen Freuden – der hinreißende Bogen ihrer Oberlippe –, die weiche, üppige Fülle der Unterlippe – das Spiel der Grübchen, die Lockung der Farbe –, der weiße Spiegel der Zähne, deren Glanz beinahe jeder Lichtstrahl des heiligen Lächelns aufleuchten ließ, das sie heiter und doch ruhig umspielte. Ich musterte die Form des Kinns – und auch hier fand ich alles wieder, die sanfte Breite, die Weichheit und den majestätischen Bogen, die Stärke und die Spiritualität der Griechen – jene Gestalt, die der Gott Apoll nur im Traum dem Athener Cleomenes enthüllte. Und dann starrte ich tief in die riesigen Augen Ligeias.

Für die Schönheit des Auges liefert uns die Antike kein klassisches Vorbild. Es mag sogar sein, daß gerade in diesen Augen meiner Geliebten jenes Geheimnis lag, auf das Lord Verulam verwies. Ich kann mich des

Eindruckes nicht erwehren, daß ihre Augen um vieles größer waren als die gewöhnlichen Augen unserer eigenen Rasse. Voller als die Augen der Gazellen aus dem Tal von Nourjahad waren sie. Doch nur zu bestimmten Augenblicken – in Momenten besonderer Erregung – trat diese Eigenart Ligeias wirklich deutlich hervor. Und in solchen Augenblicken war ihre Schönheit – so erschien es meiner erhitzten Phantasie jedenfalls – die Schönheit eines Wesens aus einer anderen Welt, die Schönheit der sagenhaften Huris der Türken. Die Pupillen schimmerten von makellosem Schwarz, und tiefe, dichte Nachtwimpern überschatteten sie. Die Augenbrauen, von etwas unregelmäßiger Linie, besaßen die gleiche Nachtfarbe. Die »Fremdartigkeit«, die ich in den Augen erkannte, fand sich jedoch nicht in der Natur von Form, Farbe oder Leuchtkraft. Ich kann nichts anderes sagen, als daß sie sich anderswo fand, nämlich im *Ausdruck*. Ach, welch bedeutungsloses Wort! Hinter ihm verbergen wir all unsere Unwissenheit von der geistigen Ausstrahlung eines Menschen. Der Ausdruck von Ligeias Augen! Für wie viele lange Stunden sann ich nach darüber! Wie habe ich mich durch eine ganze Mittsommernacht hindurch vergeblich bemüht ihn zu ergründen! Was war es – dieses Etwas in den Augen meiner Geliebten, tiefer als der Brunnen des Demokrit? Was ist es gewesen? Ich war besessen vom Geheimnis dieser Augen, dieser riesigen, schimmernden, heiligen Kugeln! Sie wurden das Zwillingsgestirn der Leda für mich, und ich dessen leidenschaftlichster Astrologe.

Es gibt unter den vielen unverstandenen Seltsamkeiten, um deren Erhellung sich die Wissenschaft von der Seele bemüht, kaum eine faszinierendere und aufregendere als die Tatsache, mit der man sich meines Wissens kaum je an den Lehrstätten befaßte, daß wir uns bei unseren Bemühungen, aus unserem Gedächtnis etwas lange Vergessenes in Erinnerung zu rufen, sehr oft ganz dicht *vor der Schwelle* der Erinnerung stehen, ohne sie am Ende dann wirklich überschreiten zu können. Und genau dieses Gefühl befiel mich, sooft ich den Eindruck hatte, auf der Schwelle zur Erkenntnis jenes Geheimnisses von Ligeias Augen zu stehen, die ich dann doch nie überschreiten konnte. Ich stand dicht davor, fühlte, daß ich es wissen würde, und dann blieb es mir doch versagt! Und (wie seltsam, ja das seltsamste Wunder überhaupt vielleicht!) ich entdeckte in den allergewöhnlichsten Dingen dieses Universums eine Ähnlichkeit, eine Erinnerung an den Ausdruck jener Augen. Ich will damit sagen, daß mich, nachdem Ligeias Schönheit sich in meinem Geist manifestiert hatte und dort wie in einem Schrein verwahrt wurde, beim Anblick vieler Existenzen der materiellen Welt ein ebensolches Gefühl ergriff, wie es ihre großen, leuchtenden Augen auslösten. Doch kann ich auch dieses Gefühl nicht weiter analysieren, definieren oder mir jetzt noch wirklich vergegenwärtigen, ja es nicht einmal recht ins Auge fassen. Wenn ich noch ein wenig bei dieser Angelegenheit bleiben darf, ich fand es manchmal in der Betrachtung schnell rankenden wilden Weines – im Sinnen über einen Nachtfalter, eine Chrysalis, über strömendes Wasser. Ich empfand es am Meer – beim Fall eines Meteors. Ich sah etwas Ähnliches im Blick ungewöhnlich alter Menschen. Und es gibt ein oder zwei Sterne (besonders in einem veränderlichen Doppelstern 6. Größe, der nahe dem Hauptstern der *Leier* steht), bei deren teleskopischer Beobachtung ich dieses besondere Gefühl wahrgenommen habe. Auch wurde das Gefühl mir von bestimmten Tönen aus Seiteninstrumenten eingeflößt, und nicht selten auch durch gewisse Stellen in Büchern. Unter zahllosen anderen Beispielen erinnere ich mich an eine bestimmte Passage im Werk Joseph Glanvilles, die mir (vielleicht nur wegen ihrer Kuriosität – wer weiß das schon?) eine ständige Inspiration jenes Empfindens war: »Und darin lieget der Wille, der niemals stirbt. Wer kennet die Mysterien des Willens, seine Macht? Denn Gott selbst ist auch nur ein großer Wille, der alle Dinge Kraft seines Eifers durchdringet. Der Mensch kann sich nicht zum Engel erheben, ja dem Tod nur deshalb nicht widerstehen, weil es ihm an der Stärke des Willens fehlet.«

Lange Jahre des Nachdenkens haben mich schließlich doch in die Lage versetzt, eine vage Verbindung zwischen den Worten des englischen Moralisten und einem bestimmten Charakterzug Ligeias zu entdecken. Eine besondere *Eindringlichkeit* ihres Denkens, Tuns und Redens war es, die bei ihr möglicherweise das Ergebnis, oder zumindest das Anzeichen eines ungeheueren Willens darstellte, von dem während unserer langen Verbindung anders nichts erkennbar wurde. Von allen Frauen, die ich je gekannt habe, erwies sich sie, die nach außen so ruhige, die immer sanfte Ligeia, als die wehrloseste Beute aller Raubvögel ihrer eigenen wilden Leidenschaftlichkeit. Aber durch nichts anderes gelang es mir je einen Eindruck von dieser Leidenschaftlichkeit zu erhalten, als durch die besagte besondere Vergrößerung der Augen in Momenten der Erregung, die mich von Anfang an so entzückte und anzog, durch den beschwörend melodiösen Klang ihrer tiefen Stimmen mit ihrer sanften, aber unwiderstehlichen Eindringlichkeit und durch die wilde Kraft ihrer seltsamen Bemerkungen, die in einem eigentümlichen Kontrast zu ihrer sonstigen Sanftmut standen und dadurch um so beeindruckender waren.

Ich habe von der ungewöhnlichen Bildung Ligeias schon gesprochen. Es handelte sich um eine immense Gelehrsamkeit, wie sie mir nie zuvor bei einer Frau begegnet war. Mit allen klassischen Sprachen erwies sie sich zutiefst vertraut, und soweit meine eigenen unvollkommenen Kenntnisse dies zu beurteilen erlaubten, unterliefen ihr auch bei den modernen europäischen Sprachen nie irgendwelche Fehler. In der Tat gab es kein akademisches Thema, und ging es dabei um noch so abstruse Randbereiche der Gelehrsamkeit, dem sie nicht gerecht wurde. Wie zog doch gerade in den letzten Jahren dieser Charakterzug meiner Frau meine besondere Aufmerksamkeit an, fesselte mich und beunruhigte mich zugleich. Ich sagte schon, daß ich ein solches Wissen an keiner anderen Frau je bemerkte, aber wo ist der Mann, der sich jemals erfolgreich mit allen Fragen des weiten Gebietes der moralischen, physikalischen und mathematischen Wissenschaften befaßte? Zwar erkannte ich damals noch nicht mit völliger Klarheit die Einmaligkeit und Gewaltigkeit von Ligeias Errungenschaften; aber mir wurde durchaus bewußt, daß ich mich ihrer überlegenen Bildung unterzuordnen hatte, und mit einem kindlichen Vertrauen überließ ich mich ihrer Führung, als ich daranging, mir einen Weg durch die chaotischen Welten der Metaphysik zu suchen, der mein Hauptinteresse während unserer ersten Ehejahre galt. Mit welch einem ungeheueren Triumphgefühl, mit welch innigem Entzücken, mit all dem, was das Himmlische an all unseren Hoffnungen ausmacht, ward ich erfüllt, als Ligeia an meiner Seite sich diesen seltenen und ungewöhnlichen Studien widmete, während sich vor mir der lange, jungfräuliche Pfad erstreckte, auf dem ich zu einer Weisheit zu gelangen mir erhoffte, die von zu kostbarer Göttlichkeit war, um nicht verboten zu sein.

Um so mehr wurde ich enttäuscht, als sich nach einigen Jahren all meine kühnen Hoffnungen, meine so wohlbegründeten Erwartungen in Nichts auflösten. Ohne Ligeia war ich nicht mehr als ein in der Nacht umherirrendes Kind. Ihre Gegenwart, ihre Kommentare allein erhellten mir jene dunklen Geheimnisse des Übersinnlichen, in die wir uns gemeinsam versenkt hatten. Ohne den Strahlenglanz ihrer Augen wurden die Buchstaben der geheimen Bücher, sonst golden und leuchtend, dunkler als saturnisches Blei. Immer seltener erhellten ihre Blicke mir die Seiten, durch die ich mich arbeitete. Ligeia wurde krank. Die wilden Augen loderten hell, allzu hell auf, die weißen Finger nahmen die wächserne Bleiche des Grabes an. Und schon die geringste Gemütsbewegung ließ die blauen Adern an ihrer weißen Stirn schrecklich pochen. Ich sah, daß sie sterben mußte – und mit verzweifeltem Mute kämpfte ich gegen den grimmigen Todesengel an. Doch die Kämpfe dieser leidenschaftlichen Frau waren zu meinem Erstaunen noch viel erbitterter als meine eigenen. In ihrem starken Charakter gab es vieles, was mir den Eindruck vermittelt hatte, sie würde den Tod ohne all seine Schrecken empfinden, aber nichts davon! Worte haben nicht die Macht auch nur eine Idee von der Wildheit zu vermitteln, mit der sie gegen die Dunkelheit rang. In Seelenpein seufzte ich oft bei diesem jammervollen Schauspiel. Ich hätte sie getröstet, ihr mit Vernunftgründen Beruhigung vermittelt – doch angesichts ihres wilden Verlangens nach Leben – allein nach Leben, nichts anderem sonst –, waren jeder Trost und jede Vernunft nur ohnmächtige Torheit. Bis zum letzten Augenblick aber durchbrachen selbst die furchtbarsten Willenskrämpfe ihres kämpfenden Geistes nie ihre äußere Ruhe und Gelassenheit. Ihre Stimme wurde sogar noch sanfter und ruhiger, doch möchte ich mich nicht weiter mit dem entsetzlichen Sinn der Worte befassen, die sie still mir zuflüsterte. Mein Verstand drohte mir zu zerbrechen, als ich damals verzückt jener übermenschlichen Wortmelodie lauschte – Anmaßungen und Sehnsüchten, die Sterbliche nie zuvor vernommen hatten.

Nie würde ich an ihrer Liebe zu mir gezweifelt haben, und mir war wohl bewußt, daß in einer Brust wie der ihren die Liebe keine gewöhnliche Leidenschaft hervorbringen konnte. Aber erst da empfand ich die wirkliche Größe ihrer Zuneigung. In langen Stunden, während denen sie meine Hand fest in der ihren hielt, goß sie die überquellende Liebe eines Herzens vor mir aus, das mir in schon fast göttlicher Verehrung zugetan war. Womit hatte ich verdient, mit solchen Geständnissen beseligt zu werden? Womit hatte ich verdient, mit dem Verlust der Geliebten verflucht zu sein, als ich ihr jene Geständnisse erwidern wollte? Ich ertrage es nicht, weiter davon zu berichten. Ich will nur noch sagen, daß ich in der über alle weibliche Hingabe hinausgehende Liebe Ligeias, die ich nicht verdiente und die sie allein als Geschenk mir gab, das gleiche Prinzip erkannte wie in ihrer ungezügelten Sehnsucht nach dem Leben, das ihr jetzt so schnell entschwand. Dieses wilde Verlangen – diese Lebensgier, den auf das Leben, das Leben allein, richtete sie sich – zu beschreiben, fehlen mir die Worte, ja muß die Sprache versagen! Zur Mitte der Nacht, in der sie starb, rief sie mich an ihre Seite und bat mich, ihr Verse vorzutragen, die sie selbst vor wenigen Tagen geschrieben hatte. Hier ist, was ich vortrug:

# DER SIEGER WURM

Hei! Ist eine Gala-Nacht
in späten Jahren einsam Sehnen!
Engelschaar sitzt dort entfacht
schleierverhüllt in Tränen
zu sehen des Theaters Macht
in einem Stück von Angst und Gier.
Und das Orchester seufzt dahier
die Melodie der Sphären.

Die Mimen murrn und flüstern leis,
und drehn und wenden sich im Kreis.
Doch sind sie Puppen nur am Draht
von machtvoll wesenlosen Dingen,
die zwingen aller Spieler Pfad.
Und sinkt aus ihren dunklen Schwingen
das Leiden ohne Gnad.

Welch buntes Drama! Es sei nimmer ver-
gessen uns sein wo und wie!
Mit seinem Phantom, das für immer
gejagt und doch gefaßt wird nie
von einer Menge, die nur ständig
schlimmer
sich selber nachläuft hier im Kreis.
Und auch viel Sünde, Wahnsinn, Seelen-
flimmer
das Stück zu seinem Thema weis.

Sieh! Da drängt sich in der Mimenreigen
ein kriechend Schatten. Aus der Kuliss'
beginnt ein blutrot Ding emporzusteigen,
das windet, ringelt sich zum Biß.
Es würgt und würgt in stiller Szen'
die Mimen nun zum Fraße sich.
In Tränen fließt der Engel Wehn',
das Blut fließt von der Schlange Stich.

Aus gehn die Lichter! Menschenfluch
ringelt auf der Bühne sich zum Turm.
Der Vorhang ist ein Leichentuch
und rauscht hernieder, tosend Sturm.
Die Engel, alle bleich und sacht,
verneigen sich tief vor des Stückes Macht.
»Mensch« hieß dies Stück, ist ihr Namens-
versuch,
und den Helden nennen wir »Sieger
Wurm«.

»Oh, Gott!« schrie Ligeia, als ich diese Verse beendet hatte und sprang von ihrem Lager auf, während sie die Arme wie im Krampf zum Himmel reckte. »Oh, allmächtiger Vater – soll dies immer so sein, unabänderlich? Soll dieser Sieger nicht doch einmal geschlagen werden? Sind wir selbst nicht auch Teil deines Wesens? Wer – wer kennet die Mystien des Willens, seine Macht? Der Mensch kann sich nicht zum Engel erheben, ja *dem Tod nicht widerstehen,* weil es ihm an der Stärke des Willens fehlet!«

Sodann ließ sie, als habe diese Gefühlsaufwallung sie erschöpft, die Arme sinken und begab sich feierlich zurück auf ihr Sterbelager. Und als sie ihre letzten Atemzüge tat, kam ein leises Flüstern über ihre Lippen. Ich senkte mein Ohr zu ihrem Munde, und wieder vernahm ich den Schluß jener Passage aus Glanvilles Werk: »Der Mensch kann sich nicht zum Engel erheben, ja dem Tod nicht widerstehen, weil es ihm an der Stärke des Willens fehlet.«

Sie starb; und ich, von meiner Trauer in den Staub gedrückt, konnte die einsame Verlassenheit meines Wohnsitzes in jener düsteren, verfallenden Stadt am Rhein nicht länger ertragen. An dem, was die Welt Reichtümer nennt, fehlte es mir keineswegs. Ligeia hatte mir mehr hinterlassen, als Sterblichen im allgemeinen zu besitzen vergönnt ist. So kam es, daß ich nach einigen Monaten einer traurigen, ziellosen Wanderung eine alte Abtei erwarb und instand setzen ließ. Den Namen will ich hier nicht nennen. Sie lag in einem der wildesten und menschenleersten Teile des schönen England. Die finstere und traurige Grandeur des Bauwerkes, die fast urtümliche Szenerie der umgebenden Landschaft und die melancholischen und ehrwürdigen Erinnerungen, die mit diesem Platz verbunden waren, hatten viel gemein mit meinem eigenen Gefühl der Verlorenheit, das mich in diese entlegene und unwirtliche Gegend getrieben hatte. Während ich an der Fassade der Abtei, von der grüner Verfall sich rankte, kaum eine Veränderung vornahm, gab ich mich bei der Gestaltung des Inneren einer beinahe kindischen Geschmacksverirrung hin und entfaltete dort, in der vagen Hoffnung, mich so von meinem Kummer abzulenken, eine mehr als königliche Pracht. Für solche Narrheiten hatte ich schon als Kind besonderen Gefallen, und nun fand ich darin angenehme Zerstreuung. Ach, ich weiß wohl, daß man durchaus die ersten Anzeichen des Wahnsinns in jenen kostbaren phantastischen Draperien hätte entdecken können – in dem Geschmack an ägyptischen Skulpturen, an den seltsamen Gesimsen und Möbeln, an den etravaganten Arabesken meiner goldbestickten Teppiche! Ich wurde zu einem Sklaven meiner Opiumträume, und all meine Arbeiten und Entwürfe waren in die Farben dieser Träume getaucht. Aber ich will mich nicht mit den Details dieser absurden Dekorationen aufhalten. Nur jenes auf immer verfluchte Zimmer muß ich noch erwähnen, in das in einem Anfall geistiger Verwirrung als meine neue Gattin – als Nachfolgerin der unvergessenen Ligeia – die blonde, blauäugige Lady Rowena Trevanion von Tremaine führte.

Es gibt kein einziges Stück in der Architektur oder Dekoration dieses Brautgemaches, das mir nicht noch immer klar vor Augen steht. Wo blieb das Empfinden der hochmütigen Angehörigen meiner Braut, als sie aus Geldgier ihrer geliebten Tochter gestatteten, sich über die Schwelle eines solcherart ausgeschmückten Raumes locken zu lassen? Ich sagte schon, wie ich mich an das kleinste Detail jenes Raumes erinnern kann – ganz im Gegensatz zu vielen wichtigeren Dingen, die mein gramzerfurchtes Hirn nicht im Gedächtnis zu halten vermochte. Und doch war in seiner phantastischen Pracht weder eine Harmonie noch ein System, das sich mir besonders hätte einprägen können. Das Zimmer lag in einem hohen Turm, der zur Befestigung der Abtei gehörte. Sein Grundriß war fünfeckig, und der Raum wirkte groß und geräumig. Die ganze südliche Seite wurde von einem Fenster eingenommen, das aus einer einzigen venezianischen Scheibe bestand, von bleigrauer Farbe, so daß die hindurchfallenden Lichtstrahlen, ob von Sonne oder Mond, immer das gleiche trübe, geisterhafte Licht auf die Einrichtung warfen. Vor dem oberen Teil dieses gewaltigen Fensters hing das Rankwerk eines alten Weines, der sich an der Mauer des Turmes emporrankte. Die Decke aus schwarzem Eichenholz hing außerordentlich hoch, war gewölbt und von Schnitzereien teils gotischer, teils keltischer Art überzogen. Vom höchsten Punkt dieses melancholischen Gewölbes hing an einer einzelnen Goldkette eine große Räucherlampe aus dem gleichen Metall. Sie war nach sarazenischem Stil gearbeitet mit einem vielfach durchbrochenen Schirm, durch den das Licht sich in schlangengleichem Flackern wand.

Einige wenige Ottomanen und goldene orientalische Kandelaber standen an ausgesuchten Stellen. Und dann gab es noch das Bett – das Hochzeitsbett – im indischen Stil, niedrig, aus massivem Ebenholz und von einem dunklen Baldachin überschattet, der an ein Leichentuch denken ließ. In jeder Ecke des Raumes stand ein mächtiger Sarkophag aus den uralten Königsgräbern von Luxor aufrecht an die Wand gelehnt, den verwitterten Deckel mit unvergänglichen Reliefs geschmückt. Doch den phantastischsten Anblick von allem ergaben die Wandbehänge. Von der Decke bis zum Boden hingen schwere Tapisserien aus dem gleichen Stoff, aus dem auch die Bezüge aller Möbel, der Baldachin des Bettes, der Teppich und die Vorhänge am Fenster hergestellt waren – einem reichen Goldbrokat, in den überall in unregelmäßiger Folge arabeske Figuren von einem Fuß Durchmesser hineingewebt waren, tiefschwarz und leicht erhaben. Doch die Figuren wirkten nur von einem bestimmten Standort aus wie wirkliche Arabesken. Durch eine heute geläufige Methode, deren Ursprünge man bis ins fernste Altertum zurückverfolgen kann, veränderte sich ihr

Aussehen ständig. Beim ersten Betreten des Raumes erschienen sie zunächst einfach bziarre Mißgestalten, aber schritt man weiter durch den Raum verlor sich dieser Eindruck nach und nach, und Schritt für Schritt sah man sich von einer Prozession grausiger Wesen umgeben, die dem Aberglauben der Normandie oder den Angstträumen sündiger Mönche entstammten. Dieser phantasmagorische Effekt wurde noch durch einen immerfort hinter den Wandbehängen entlangstreichenden künstlichen Luftzug versträrkt, durch den die ganze Szenerie eine scheußliche und beunruhigende Lebendigkeit erhielt.

In Räumen wie diesem – in einem solchen Brautgemach – verbrachte ich die unheiligen Stunden des ersten Monats meiner Ehe mit Lady Rowena, ohne daß etwas besonders Beunruhigendes vorgefallen wäre. Ich mußte mir allerdings bald eingestehen, daß meine Frau sich vor der wilden Düsterkeit meines Temperaments fürchtete, daß sie mich mied und mir kaum Liebe entgegenbrachte – aber daran fand ich fast Vergnügen. Denn ich begann sie mit einem Haß zu verabscheuen, wie er mehr zu einem Dämonen als zu einem Menschen paßte. Meine Gedanken flohen zurück in die Vergangenheit zu Ligeia (oh, mit welch intensiven Schuldgefühlen!), der geliebten, der erhabenen, der schönen, der in die Gruft gelegten. Ich gab mich ganz der Erinnerung an ihre Reinheit, ihre Weisheit, an ihr erhabenes ätherisches Wesen hin – an ihre leidenschaftliche, vergötternde Liebe. In meiner Seele brannte nun ein heißeres, verzehrenderes Feuer der Leidenschaft, als es je in der ihren aufgeflammt war. In meinen Opiumträumen – ich befand mich völlig in den Fesseln dieses Giftes – rief ich laut ihren Namen durch die Stille der Nacht und durch die einsamen Schattentäler bei Tag, als könnte ich sie durch die wilde Kraft meines Willens, die Leidenschaft und die verzehrende Sehnsucht meiner Hingabe wieder auf den irdischen Pfad zurückholen, den sie – sollte es wirklich für immer sein? – verlassen hatte.

Zu Beginn des zweiten Monats der Ehe erkrankte Lady Rowena plötzlich und erholte sich nur langsam. Ein nagendes Fieber raubte ihr die nächtliche Ruhe, und im unruhigen Halbschlaf murmelte sie von seltsamen Geräuschen und Bewegungen im Turmzimmer oder seiner Umgebung. Ich konnte diese Beobachtungen nur ihren Fieberträumen oder vielleicht der die Phantasie erregenden Einrichtung des Schlafgemaches zuschreiben. Schließlich setzte jedoch ein Genesungsprozeß ein, und sie erlangte fast ihre alte Gesundheit zurück. Aber wenige Wochen später warf sie ein zweiter Anfall, den ihre zarte Konstitution nie mehr überwand, zurück auf das Krankenlager. Ihre Beschwerden nahmen nun immer beunruhigenderen Charakter an, die einzelnen Fieberanfälle folgten in alarmierender Häufigkeit auf einander, ohne daß die Anstrengungen der Ärzte irgendwelche Besserung verhießen. Mit der fortschreitenden Verschlimmerung des Leidens, inzwischen chronisch und mit menschlicher Heilkunst nicht mehr zu mildern, ging eine ständige Zunahme ihrer nervösen Gereiztheit einher, die sich besonders in einer fast hysterischen Ängstlichkeit äußerte. Wieder, und diesmal häufiger und beharrlicher, erzählte sie von Geräuschen und seltsamen Bewegungen der Wandbehänge, die sie bereits früher bemerkt haben wollte.

Eines Nachts gegen Ende September schien sie von dem leidigen Thema ganz besonders besessen zu sein. Gerade war sie aus einem unruhigen Schlaf hochgefahren, während ich am Kopfende des Ebenholzbettes saß und ihr ausgezehrtes Gesicht mit seinem heftigen Mienenspiel besorgt und von einer ungewissen Furcht befallen beobachtete. Halb aufgerichtet flüsterte sie verängstigt von Geräuschen, die sie *jetzt im Augenblick* höre – ich hörte nichts –, und von Bewegungen, die ich ebenfalls nicht entdecken konnte. Der Wind rauschte recht heftig hinter den Wandbehängen her, und ich gab mir Mühe, ihr einzureden wovon ich aber im tiefsten Grunde meines Herzens selbst nicht überzeugt war, daß dieses kaum merkliche Atmen, diese sachten Bewegungen der Figuren auf den Behängen nur von der Zugluft herrührten. Doch legte sich eine Totenblässe über ihr Gesicht, die mir nur zu deutlich sagte, daß ich sie so nicht würde beruhigen können. Sie schien zuletzt sogar das Bewußtsein zu verlieren, und von der Dienerschaft befand sich niemand in der Nähe. Ich erinnerte mich an eine Karaffe Wein, den ihr die Ärzte zur Stärkung verordnet hatten, und schritt quer durch den Raum, ihn zu holen. Als ich dabei in den Lichtkegel der Lampe trat, zogen zwei sonderbare Umstände meine Aufmerksamkeit auf sich. Ich fühlte wie ein berührbares, doch unsichtbares Etwas an mir vorbeistrich, und sah auf dem Teppich mitten im Lichtkegel der Räucherlampe einen Schatten – einen schwachen, undeutlichen, der etwas Engelhaftes an sich hatte. Kaum mehr als den Schatten eines Schattens konnte man es eigentlich nennen. Da meine Sinne aber zu dieser Zeit von einer hohen Dosis Opium getrübt waren, schienen mir solche Erscheinungen nichts allzu Ungewöhnliches, und ich erwähnte auch zu Rowena nichts davon. Mit dem Wein kehrte ich zu Rowena zurück, füllte ein Glas und brachte es an die Lippen meiner Gattin, die kaum noch bei Sinnen schien. Im Augenblick erholte sie sich jedoch wieder ein wenig und nahm mir das Glas aus der Hand, um selbst zu trinken, so daß ich mich, den besorgten Blick nicht von ihr lassend, auf die nächste Ottomane sinken ließ.

Und da geschah, daß ich deutlich leichte Schritte über den Teppich sich dem Krankenbett nähern bemerkte, und eine Sekunde danach, als Rowena eben das Glas an die Lippen hob, sah ich oder bildete es mir jedenfalls fest ein, drei oder vier rubinrote leuchtende Tropfen wie von einem unsichtbaren Springbrunnen in den Wein fallen. Rowena dagegen merkte nichts davon und

trank, ohne zu zögern, und ich entschloß mich, ihr von meiner seltsamen Beobachtung nichts zu sagen, führte ich sie doch auf eine durch die späte Stunde, das Opium und die Ängste meiner Frau hervorgerufene Sinnestäuschung zurück.

Doch muß ich mir heute eingestehen, daß unmittelbar nach dem Fall der rubinfarbenen Tropfen im Befinden Rowenas eine rapide weitere Verschlechterung eintrat, so daß sie schon am dritten Tag darauf von ihren Zofen für die Gruft hergerichtet wurde. Und in der nächsten Nacht saß ich allein in dem phantastischen Zimmer, in das sie als meine Braut gezogen war, während ihr Leib in Leichentücher gehüllt neben mir lag. Wilde Visionen, Opium beflügelt, wogten schattenhaft um mich her. Mein unruhiger Blick wanderte über die Sarkophage in den Ecken, die sich beständig wechselnden Figuren der Tapisserien und die bunten Lichtstreifen aus der Räucherlampe. Schließlich fiel mein Blick in Erinnerung jener erst kurz zurückliegenden Nacht auf den Lichtkegel direkt unter der Lampe, wo ich den schwachen Schatten wahrgenommen hatte. Nichts zeigte sich dort, und ich atmete freier. Meine Augen wandten sich nun der weißen, starren

Gestalt auf dem Ebenholzbett zu. Da stürmten tausend Erinnerungen an Ligeia auf mich ein – die ganze Flut all jenes alten Leides brandete gegen mein Herz, hatte ich doch auch *sie* so sehen müssen. Die Nacht verstrich, während ich weiter dort reglos saß, erfüllt von bitteren Gedanken an meine Einzige und über alles Geliebte, die Blicke auf den Leichnam Rowenas gerichtet.

Es mochte auf Mitternacht zugehen, ich hatte nicht genau auf die Zeit geachtet, als ein sehr leiser, flacher, aber unüberhörbarer Seufzer mich auffahren ließ. Ich *fühlte*, daß er von dem Ebenholzbett kam – der Totenbahre. In abergläubischem Entsetzen lauschte ich, aber der Laut wiederholte sich nicht. Angestrengt starrte ich auf die Leiche, um irgendeine Bewegung zu entdecken, aber ich bemerkte nichts dergleichen. Trotzdem konnte ich mich unmöglich getäuscht haben – zu deutlich hatte ich das Geräusch gehört, wie schwach es auch gewesen war, und ein merkwürdiges Gefühl stieg in mir auf. Gespannt beobachtete ich weiter den steifen Körper. Viele Minuten verstrichen ereignislos, bevor etwas geschah, was Licht in die Sache brachte. Dann bemerkte ich jedoch, wie eine leichte, kaum wahrnehmbare Farbe in ihre Wangen gestiegen war und sich durch die feinen Adern der Augenlider zog. Unaussprechliches Grauen und verstörte Scheu, für die der menschlichen Sprache der Ausdruck fehlen, packten mich, ich fühlte meinen Herzschlag aussetzen, meine Glieder erstarren. Aber ein gewisses Pflichtgefühl gab mir schließlich die Selbstkontrolle zurück. Es konnte nicht länger bezweifelt werden, daß wir mit unseren Vorbereitungen voreilig gewesen waren – daß Rowena noch leben mußte. Sofortige Wiederbelebungsversuche waren geboten, doch hielten sich in der Nähe des Turms, wie bereits zuvor erwähnt, in der Nacht keine Dienstboten auf. Um jemanden herbeizurufen, hätte ich das Zimmer längere Zeit verlassen müssen, was ich in der augenblicklichen Situation nicht wagen durfte. Ich bemühte mich also allein, die zurückkehrende Seele im Körper zu halten. Kurz darauf trat aber bereits wieder ein Rückfall ein.

Die Farbe wich wieder aus den Wangen und Lidern, eine Bleiche hinterlassend, die weißen Marmor noch übertraf; die Lippen fielen zusammen und kräuselten sich im grausigen Todeslächeln; widerliche Kälte und Feuchtigkeit breiteten sich über den ganzen Körper aus, der schnell die nur noch normale Leichenstarre zeigte. Schaudernd setzte ich mich wieder auf mein Ruhebett, von dem ich so unversehens aufgeschreckt war, und überließ mich wieder den leidenschaftlichen Visionen der Leichenwache Ligeias.

Eine Stunde verstrich so, bis ich zu meinem größten Erstaunen das gleiche schwache Geräusch aus Richtung des Totenbettes vernahm. Ich horchte – in äußerstem Entsetzen. Das Geräusch wiederholte sich – es war ein Seufzer. Ich eilte zur Leiche und sah – ganz deutlich sah ich es – ein Zittern der Lippen. Eine Minute später entspannten sie sich und entblößten perlweiße Zähne. Meine grenzenlose Verwunderung kämpfte jetzt gegen das Grauen an, das mich bisher beherrscht hatte. Vor meinen Augen wurde es unscharf, und die Sinne drohten mir zu schwinden. Nur mit einer gewaltigen Willensanstrengung fand ich zu der für die notwendigen weiteren Aktionen unerläßlichen Nervenruhe zurück. Stirn, Wangen und Hals Rowenas zeigten bereits Leben, eine fühlbare Wärme zog sich über den ganzen Körper, und in der Herzgegend spürte ich leichten Pulsschlag. Die Lady lebte. Mit verdoppeltem Eifer versuchte ich ihre Wiederbelebung zu unterstützen, massierte und badete ihre Hände, unternahm alles, was meine nicht geringen medizinischen Kenntnisse für einen solchen Fall nahelegten. Vergeblich. Plötzlich verblaßte die Farbe wieder, der Puls stockte, die Lippen preßten sich im Todeskampf aufeinander, und wenig später zeigte der Körper eiskalt, leichenfarben, feucht und erstarrt alle schrecklichen Anzeichen einer schon seit Tagen unter der Erde liegenden Leiche.

Und wieder versank ich in den Träumen von Ligeia, und von neuem (ist es verwunderlich, daß ich dies nur mit Schaudern niederschreiben kann!) tönte bald das leise Schluchzen vom Lager der Toten. Aber wozu die unaussprechlichen Schrecken jener Nacht in allen Einzelheiten beschreiben? Warum soll ich mich damit aufhalten zu berichten, wie oft sich bis fast zum ersten grauen Dämmerlicht des Morgens das gräßliche Schauspiel der Revitalisierung wiederholte und wie jeder der grausamen Rückfälle einen noch starreren und fortgeschritteneren Zustand des Todes zur Folge hatte? Wie jeder Todeskampf dem Ringen mit einem unsichtbaren Feind zu gleichen schien? Und welche grausigen Veränderungen des Äußeren der Leiche jedesmal darauf folgten? Ich will zum Schluß kommen.

Der größte Teil der furchtbaren Nacht lag bereits hinter mir, und sie, die schon tot gewesen war, rührte sich erneut – und diesmal viel heftiger als jemals zuvor, obwohl sie sich aus einem Zustand erhob, der noch hoffnungsloser gewirkt hatte als alle vorherigen. Hilfeversuche hatte ich schon lange aufgegeben und saß seitdem wie gebannt auf meiner Ottomane, in einem Orkan widerstrebender Gefühle gefangen, von denen jene merkwürdige Scheu, vielleicht noch das mildeste war. Der Körper bewegte sich also wieder, besonders kraftvoll. Die Lebensfarben flammten mit ungewöhnlicher Energie auf, die Glieder entspannten sich, und wären nicht die Augen noch so fest zusammengepreßt gewesen und hätten die Binden und Tücher der Gestalt noch den leichenhaften Charakter gegeben, hätte ich wirklich träumen können, daß Rowena die Fesseln des Todes tätsächlich abgeschüttelt hatte. Nicht länger zweifeln, daß dies kein Traum sondern wirklich war, konnte ich dann jedoch, als es sich drüben mit wankendem Schritt, schwach, mit geschlossenen Augen wie ein noch halb im Schlaf Befangener erhob, und dann das Etwas in den Leichentüchern kühn und entschlossen mitten ins Zimmer schritt.

Ich zitterte nicht, rührte mich nicht, eine Horde unaussprechlicher Phantasien, geboren aus der Gestalt, dem Schritt, der Bewegung der Figur, raste durch meine Gedanken und ließ mich zu Eis erstarren. Regungslos blickte ich auf das Wesen. Ein verrückter Wirrwarr von Erinnerungen wirbelte durch meinen Kopf. Konnte es tatsächlich, die *lebendige* Rowena sein, die dort vor mir stand? Konnte es überhaupt Rowena sein – die blonde, blauäugige Lady Rowena Trevanion von Tremaine? Warum, *warum* nur zweifelte ich daran? Eine Binde lag schwer über dem Mund – aber sollte dies nicht der Mund sein, aus dem die Lady von Tremain atmete? Und die Wangen – rosig waren sie, wie in der Blüte ihres Lebens –, sollten das nicht die wundervollen Wangen der lebendigen Lady von Tremaine sein? Sie mußten es sein, in der Tat! Und das Kinn mit den Grübchen in der Fülle der Gesundheit, wie sollte es nicht Rowenas sein? – Aber: *War sie denn während der Krankheit gewachsen?* Welcher Wahnsinn befiel da meine Sinne! Ein Schritt, und ich war vor ihr. Vor meiner Berührung zurückweichend, ließ sie das scheußliche

Leichentuch von ihrem Kopf zurückgleiten, und dann ergoß sich in die rauschende Atmosphäre des Zimmers eine gewaltige Fülle langen, aufgelösten Haars – *schwärzer als die Rabenflügel der Mitternacht war es!* Und nun öffneten sich langsam die *Augen* der Gestalt, die da vor mir stand. »Hier zuletzt nun«, schrie ich laut heraus, »kann ich nie – kann ich niemals irren –, das sind die großen, die schwarzen, die wilden Augen meiner verlorenen Liebe – meiner Lady – der LADY LIGEIA!«

DAS OVALE PORTRÄT
Das ovale Porträt

# DAS OVALE PORTRÄT

Das Schloß, in das mein Diener gewaltsam eingedrungen war, damit ich in meinem beklagenswerten Zustande die Nacht nicht im Freien zubringen mußte, war ein Gebäude von halb großartiger, halb melancholischer Bauart und mochte wohl schon lange, lange finster in die Apenninen hinabgeschaut haben. Allem Anschein nach war es erst seit kurzem und nur für kurze Zeit verlassen worden. Wir richteten uns in einem der kleinsten und am wenigsten prunkvoll möblierten Zimmer ein. Es lag in einem Eckturme des Schlosses und war mit reichem, wenn auch altem, teils zerfallenem Schmuckwerk ausgestattet. Die Mauern waren mit einer wahrhaft erstaunlichen

Menge moderner Gemälde behangen, die nicht nur die Hauptwände des Zimmers, sondern auch die zahlreichen Nischen und Erker schmückten. Ich befahl Pedro, meinem Diener, die schweren Vorhänge vor die Fenster zu ziehen und, da es Nacht wurde, einen großen, vielarmigen Kandelaber anzuzünden, der am Kopfende des Bettes stand. Dann hieß ich ihn die schwer befransten schwarzsamtenen Bettgardinen beiseite zu schieben. Ich wollte, falls ich nicht schlafen konnte, die Gemälde betrachten und den kleinen Band durchlesen, den ich auf den Kissen gefunden hatte und der eine Beschreibung und Kritik der Gemälde enthielt.

Ich las lange, lange und betrachtete die Bilder voll Ehrfurcht und Andacht. Schnell, mit glänzenden Flügeln entflohen die Stunden, und die tiefe Mitternacht zog heran. Die Stellung des Kandelabers mißfiel mir, und um meinen schlafenden Diener nicht zu wecken, streckte ich selbst mit Mühe die Hand aus und wandte ihn so, daß seine Strahlen voller auf mein Buch fielen.

Diese kleine Bewegung hatte eine ganz ungeahnte Wirkung. Die Strahlen der zahlreichen Kerzen fielen jetzt in eine Nische, die bis dahin tief im Schatten eines Bettpfostens gelegen hatte, und ich erblickte in hellster Beleuchtung ein bis jetzt unbemerktes Porträt. Es war das Bild eines jungen, zur Frau reifenden Mädchens. Ich blickte es schnell an und schloß dann sofort die Augen. Weshalb ich das tat, wußte ich im ersten Augenblick selbst nicht, und ich begann mit geschlossenen Lidern über den Beweggrund nachzugrübeln. Es war wohl eine instinktive Bewegung gewesen, um Zeit zum Nachdenken zu gewinnen – um mich zu vergewissern, daß mein Blick mich nicht getäuscht –, um meine Phantasie zu beruhigen, damit sie den Gegenstand nüchtern und ruhig betrachte. Nach ein paar Sekunden blickte ich das Gemälde wieder fest an.

Daß ich nun richtig sah, konnte ich nicht länger bezweifeln, noch wollte ich es – denn der erste Widerschein der Kerzen auf der Leinwand hatte die träumerische Versunkenheit, die sich vielleicht über meine Sinne gebreitet, verwischt und mich plötzlich vollständig wach gemacht.

Das Bild war, wie schon gesagt, das Porträt eines jungeen Mädchens – nur der Kopf und die Schultern, und zwar in jener Art gemalt, die man mit dem technischen Ausdruck »Vignettenstil« bezeichnet. Die Arme, der

Busen und selbst die Spitzen ihres schimmernden Haares gingen unmerklich in den unbestimmten, tiefen Schatten über, der den Hintergrund des Gemäldes bildete. Der Rahmen war oval, reich vergoldet und in maurischem Geschmack verziert. Rein als Kunstwerk genommen, konnte es nichts Bewunderungswerteres geben als dieses Porträt – und doch hätte weder die vollkommene Ausführung des Bildes noch die himmlische Schönheit der dargestellten Person mich so plötzlich und so heftig erregen können. Auch sah ich sehr wohl ein, daß ich im ersten Augenblicke des Erwachens aus meinen Träumereien das Bild nicht etwa für eine lebendige Person hätte halten können: die vignettenhafte Art der Ausführung und der glänzende Rahmen hätten einen solchen Gedanken überhaupt nicht aufkommen lassen . . . Ich dachte über dieses alles vielleicht eine Stunde lang nach, in meine Kissen zurückgelehnt, und hielt meine Blicke immer fest auf das Porträt gerichtet, bis ich endlich das ganze Geheimnis dieses sonderbaren Bildes entdeckte. Sein Reiz bestand nämlich in der vollkommenen Lebensähnlichkeit seines Ausdrucks, der mich beim ersten Anblick so lebhaft erregt, verwirrt, ja erschreckt hatte.

Mit einem Gefühl tiefen, ehrfürchtigen Schauderns schob ich den Kandelaber in seine frühere Stellung zurück, und nachdem ich so die Ursache meiner lebhaften Erregung meinen Blicken entzogen, ergriff ich hastig das Buch, das die Beschreibung und die Geschichte der Gemälde enthielt. Ich suchte die Nummer des ovalen Porträts auf und las die bedeutungsreichen, sonderbaren Worte:

»Sie war ein Mädchen von seltenster Schönheit und so heiter wie liebenswürdig. Und verhängnisvoll war die Stunde, in welcher der Maler sie sah, liebte und zur Gattin nahm. Er war leidenschaftlich grüblerisch, streng und hatte schon eine Braut in seiner Kunst . . . Sie aber war ganz Licht und Lächeln und zu Scherzen aufgelegt wie ein junger Pfau; sie liebte und hätschelte alle Dinge und haßte nur eins: die Kunst, die ihre Rivalin war, und fürchtete nur die Palette und die Pinsel und die übrigen verhaßten Werkzeuge, die ihr den Anblick des Geliebten so oft entzogen. Mit Schrecken vernahm sie den Wunsch ihres Gatten, sie zu porträtieren. Doch war sie ergeben und gehorsam und saß geduldig lange Wochen hindurch in dem düsteren, hohen Turmzimmer, durch das nur von oben ein bleiches Licht auf die graue Leinwand fiel. Er aber, der Maler, setzte seinen ganzen Stolz in dieses Werk, das täglich, stündlich seiner Vollendung entgegenging. Und er war ein leidenschaftlicher, seltsamer, grüblerischer Mann, der sich in Träumereien verlor, so daß er nicht sah oder nicht sehen wollte, daß das Licht, das so gespenstisch in jenes einsame Turmzimmer fiel, die Gesundheit und die Seele seiner Frau zerstörte, die für alle Welt, nur nicht für ihn sichtbarlich dahinsiechte. Dennoch lächelte sie immer und klagte nie, weil sie sah, daß der Maler, der weit über das Land berühmt war, in seinem Schaffen tiefen Genuß fand und Tag und Nacht arbeitete, um die zu malen, die ihn so grenzenlos liebte – und die täglich müder und schwächer wurde. Und alle, die das Porträt sahen, sprachen mit unterdrückter Stimme von seiner Ähnlichkeit wie von einem unerklärlichen Wunder, wie von einem machtvollen Beweise von der Kunst des Malers und seiner Liebe zu ihr, die er so vollendet ähnlich auf die Leinwand bannte. Doch als sich die Arbeit ihrem Ende nahte, wurde niemand mehr in den Turm zugelassen, denn der Maler war wie besessen vom Eifer für sein Werk und wandte nur selten noch seine Blicke von dem Bilde auf die Züge seiner Frau. Und er wollte nicht sehen, daß die Farben, die er auf die Leinwand auftrug, von den Wangen der Frau verschwanden, die vor ihm saß. Und als viele Wochen vorübergegangen waren und nur noch wenig zu tun blieb – noch ein Strich über die Lippen, noch ein letzter Glanz über dem Auge –, flackerte die Seele der jungen Frau noch einmal auf wie eine verglimmende Lampe. Und der Maler machte den Strich über die Lippen und legte den Glanz über das Auge, und er stand einen Augenblick wie entzückt vor dem Werke seiner Hände. Im nächsten Augenblick aber, während er noch in Anschauung versunken war, begann er zu zittern und wurde totenbleich und schrie, von einem Entsetzen jäh angefaßt, mit lauter Stimme: »Das ist ja das Leben selbst!« und wandte sich zu seiner Geliebten. – Sie war tot!!«

Eleonora

# ELEONORA

*Durch die Bewahrung der eigentümlichen Gestalt bleibt auch die Seele erhalten.*

*Raimundus Lullus*

Ich stamme aus einem Geschlecht, das durch kraftvolle Phantasie und heiße Leidenschaftlichkeit ausgezeichnet ist. Die Menschen haben mich einen Wahnsinnigen genannt; aber es ist noch die Frage, ob der Wahnsinn nicht die höchste Stufe der Geistigkeit bedeutet, ob nicht vieles Glorreiche und alles Tiefe seinen Ursprung in einer Krankhaftigkeit des Gedankens, in dem besonderen Wesen eines Zustandes hat, der auf Kosten des allgemeinen Verstandes aufs äußerste, und zwar einseitig, erregt ist. Die Menschen, die am hellen Tage träumen, lernen Dinge kennen, die denen entgehen müssen, die nur nachts träumen. Durch den grauen Nebel ihrer Visionen dringen die ersten Lichtschimmer der Ewigkeit zu ihnen, und halb erwachend fühlen sie mit Schaudern, daß sie einen Augenblick lang an das große Geheimnis gerührt haben. Ruckweise erfassen sie einiges von der Weisheit, die gut, und vieles von der Erkenntnis, die böse ist. Sie dringen ohne Ruder und Kompaß auf dem ungeheuren Ozean des »unaussprechlichen Lichtes« vor, und wieder, wie in den Abenteuern des nubischen Geographen, »agressi sunt mare tenebrarum, quid in eo esset exploraturi«.

Bleiben wir also dabei: ich bin wahnsinnig. Dennoch erkenne ich deutlich zwei unterscheidbare Zustände meines geistigen Seins: den Zustand vollständig klaren, nicht anzuzweifelnden Verstandes, der sich auf die Erinnerung aller Ereignisse erstreckt, welche die erste Epoche meines Lebens bildeten – und den umdunkelten Zustand voll Zweifel, in den meine Seele jetzt versunken ist und der alle Erinnerungen an Begebenheiten aus der zweiten großen Epoche meines Lebens betrifft. Glauben Sie also alles, was ich Ihnen von der ersten Periode erzähle, und von der zweiten nur das, was Ihnen glaubwürdig erscheint. Oder zweifeln Sie nur alles an; sollten sie dieses aber nicht können, so spielen Sie wenigstens den Ödipus vor dem

Rätsel der Sphinx meiner Seele.

Sie, die ich in meiner Jugend liebte und der zum Andenken ich dieses hier niederschreibe, war die einzige Tochter der einzigen Schwester meiner lange verstorbenen Mutter und hieß Eleonora. Im Tale des vielfarbigen Grases, unter tropischer Sonne, hatten wir immer zusammengewohnt. Niemals betrat ein Fremder das Tal, denn es lag verborgen zwischen einer Kette gigantischer Berge, die von allen Seiten in seinen Frieden hineinhingen und seine köstlichen Schlupfwinkel vor dem Sonnenbrand beschützten. Kein begangener oder gangbarer Pfad führte hinein; um von außen in unser glückliches Heim zu gelangen, hätte man das Geäst von vielen tausend Waldbäumen durchbrechen und die Schönheit unzähliger duftiger Blumen dem Tode weihen müssen. So lebten wir also ganz allein und kannten nichts von der Welt außerhalb des Tales – ich, meine Cousine und ihre Mutter.

Aus den nebelhaften Regionen der höchsten Bergspitzen, die unser Reich so wohl verschlossen, wand sich ein schmaler, tiefer Fluß hervor, der glänzender schien als alles um uns her – es sei denn, man hätte in Eleonoras Augen gesehen. Er schlängelte sich in zahlreichen Krümmungen durch das Tal und entschlüpfte dann in eine finstere Bergschlucht, in Felsenspalten, die in noch dichterem Nebel lagen als die, aus denen er hervorgetreten. Wir nannten ihn den »Fluß des Schweigens«, denn eine große Beruhigung schien von seinen Fluten auszugehen. Kein Murmeln stieg aus seinen Wellen hervor, er glitt so sanft dahin, daß die perlgleichen Sandkörner tief unten in seinem Schoße, die wir so gern betrachteten, sich nicht bewegten, sondern in ruhevollem Glücke an ihrem Platze liegenblieben und in immerwährendem Glanze erstrahlten.

Das Ufer des Flusses und der vielen schimmernden Bäche, die auf verschlungenen Wegen seinem Bette zuströmten, der ganze Raum vom Ufer bis zum Kieselsteingrunde in der klaren Tiefe, ja die ganze Oberfläche des Tales, vom Flusse bis an die Bergwände, war mit zartgrünem, dichtem, gleichmäßigem Rasen bedeckt, der vanillesüß duftete und mit gelben Ranunkeln, weißen Gänseblümchen, purpurnen Veilchen und rubinroten Asphodelen übersät war, so daß seine wunderbare Schönheit in unseren Herzen ein Loblied auf die Liebe und Herrlichkeit Gottes anstimmte. Und hie und da, Traumseltsamkeiten gleich, erhoben sich auf dem Rasen phantastische Bäume, deren schlanke Stämme nicht aufrecht standen, sondern sich dem Lichte zuwandten, das zur Mittagszeit in die Mitte des Tales fiel. Ihre ebenholzfarbene Rinde war silbergesprenkelt und weicher als alles – es sei denn, man hätte Eleonorens Wangen gefühlt. Ohne die glänzenden, grünen, riesigen Blätter, die in zitternden Linien von ihrem Gipfel herabhingen und mit dem Zephir spielten, hätte man sie für ungeheure syrische Schlangen gehalten, die der Sonne, ihrer Herrscherin, Huldigungen darbrachten.

Eleonora und ich streiften fünfzehn Jahre lang Hand in Hand in dem Tale umher, ehe die Liebe in unsere Herzen einzog. Eines Abends gegen Ende des dritten Lustrums ihres Lebens und im vierten des meinigen saßen wir innig umschlungen unter den Schlangenbäumen und betrachteten unser Bildnis, das der »Fluß des Schweigens« widerspiegelte. Wir sprachen an diesem köstlichen Abende kein Wort, und auch am folgenden Morgen war unsere Rede noch zitternd und zögernd. Gott Eros war aus den Wellen zu uns heraufgestiegen, und wir fühlten, daß er die feurige Seele unserer Vorväter in uns entzündet hatte. Die Leidenschaftlichkeit und die blühende Kraft der Phantasie, die jahrhundertelang unser Geschlecht ausgezeichnet, kam über uns und hauchte ein Übermaß von Seligkeit durch das Tal des vielfarbigen Grases. Alle Dinge veränderten sich. Seltsame, leuchtende, sterngestaltete Blumen brachen an Bäumen auf, an denen wir bis dahin nie Blüten bemerkt hatten. Die Tinten des grünen Teppichs vertieften sich, die weißen Gänseblümchen verschwanden eins nach dem andern, und an der Stelle eines jeden schossen je zehn rubinrote Asphodelen auf. Und Leben erhob sich auf unseren stillen Pfaden, denn der große Flamingo, den wir bis dahin noch nie gesehen, und zahllose muntere, leuchtend beschwingte Vögel entfalteten ihr strahlendes Gefieder. Gold- und Silberfische durchschossen den Fluß, aus dessen Schoß nach und nach ein Flüstern heraufklang, das zu einer sanften, wiegenden Melodie anschwoll, die himmlischer tönte als der Gesang der Äolsharfe, süßer als alles – es sei denn, man hätte Eleonorens Stimme gehört. Es kam auch eine ungeheure Wolke heran, die wir lange schon in Hesperus' Gebiet beobachtet hatten. Es rieselte in ihr von goldenem und purpurnem Lichte – gerade über uns lieb sie stehen und senkte sich Tag für Tag tiefer, bis sie auf den Spitzen der Berge ruhte, ihre Düsterkeit in Glanz wie in einem Schloß voll zauberhafter Herrlichkeit gefangenhielt. Eleonorens Schönheit war die der Seraphim; doch war sie einfach und natürlich und unschuldig wie das kurze Leben, das sie unter den Blumen unseres Tales geführt. Keine Künstlichkeit verbarg die Glut der Liebe, die ihr Herz empfand – dieses Herz, dessen geheimste Verborgenheiten sie mir enthüllte, wenn wir zusammen umherstreiften und über die machtvollen Veränderungen sprachen, die sich in so kurzer Zeit in unserem Tale vollzogen hatten. Eines Tages, als wir von jener letzten traurigen Veränderung gesprochen, die alle Menschen erdulden müssen, ließ sie von diesem schmerzvollen Thema nicht mehr ab und wußte es in jede Wendung unseres Gesprächs zu bringen . . . Sie fühlte wohl, daß der Finger des Todes ihre Brust berührt hatte – gleich dem Leben der Eintagsfliege hatte sich ihre Schönheit nur entfaltet, um zu sterben; doch alle Schrecken des Todes waren für sie in dem einen Gedanken enthalten, von dem sie mir eines Abends im Zwielicht an den Ufern des schweigsamen Flusses gesprochen. Es bereitete ihr Kummer, zu denken, daß ich, wenn ich sie im Tale des vielfarbigen Grases begraben, diese selige Stätte auf immer verlassen und die leidenschaftliche Liebe, die jetzt ihr galt, einer Tochter der äußeren, alltäglichen Welt schenken werde. Doch ich warf mich ihr zu Füßen und schwor ihr und dem Himmel einen Eid, daß ich niemals ein Kind der Welt zur Ehe nehmen wolle, daß ich niemals ihrem Angedenken und der Erinnerung an die heiße Liebe, mit der sie mich beseligt, abtrünnig werden würde. Ich rief den allmächtigen Herrscher der Welt zum Zeugen der frommen Feierlichkeit meines Gelübdes an. Und der Fluch, den ich von ihm und von ihr – der Heiligen im Paradiese – auf mich herabrief, sollte ich mein Gelöbnis brechen, schloß eine so schauerliche Strafe in sich, daß ich ihn nicht niederzuschreiben vermag. Bei meinen Worten erglänzten Eleonorens Augen in höherem Licht; sie seufzte auf, als sei ihr eine tödliche Last vom Herzen genommen, sie zitterte und weinte bitterlich, doch nahm sie meinen Eid entgegen . . . Sie war ja noch ein Kind . . . und ich weiß: dieser Eid hat ihr das Sterben leichter gemacht.

Wenige Tage später, als sich der Tod ihrem Lager schon näherte, sagte sie mir, daß sie zum Dank für das, was ich für die Ruhe ihrer Seele getan, mit dieser selben Seele nach dem Tode über mich wachen werde. Sie wolle wiederkommen und mir des Nachts sichtbar erscheinen. Doch wenn dies über die Macht der Seelen im Paradiese hinausginge, so wolle sie mir wenigstens Andeutungen ihrer Gegenwart geben. Sie werde mit dem Abendwind um mich seufzen und die Luft, die mich umwehe, mit dem Duft der himmlischen Weihrauchschalen erfüllen. Mit solchen Worten auf den kindlich unschuldigen Lippen verschied sie.

Bis hierher habe ich wahrheitsgetreu erzählt. Aber da ich die Grenzlinie, die der Tod meiner Geliebten auf meinem Lebenspfade gezogen, überschreite und zur zweiten Periode meines Daseins komme, fühle ich, daß eine Wolke mein Gehirn umschattet und daß ich selbst nicht mehr an die vollständige Gesundheit meines Gedächtnisses zu glauben vermag. Doch ich will fortfahren – Jahre schleppten sich langsam vorüber, und ich wohnte noch immer im Tale des vielfarbigen Grases. Aber eine zweite Veränderung war vor sich gegangen. Die sterngestalteten Blüten hatten sich in die Rinde der Bäume zurü ckgezogen und kamen niemals mehr hervor. Die Tinten des grünen Teppichs verblaßten, die rubinroten Asphodelen verwelkten eine nach der anderen, und an der Stelle einer jeden erblühten zehn dunkle Veilchen, die wie weinende Augen im Tau erglänzten. Das Leben verschwand von unseren Pfaden, denn niemals mehr breitete der große Flamingo sein Scharlachgefieder vor uns aus, traurig zog er sich aus dem Tale in die Berge zurück und all die munteren Vögel mit ihm. Die Silber- und Goldfische flohen in die Schlucht an der Grenze unseres Reiches und schimmerten nie wieder durch die schönen Wasser des Flusses. Und seine zärtliche Musik, die süßer gewesen als die der Äolsharfen, als alles, ausgenommen Eleonorens Stimme, erstarb nach und nach in Murmeln, bis auch diese ganz verstummte und der Fluß wieder mit der Feierlichkeit seines ursprünglichen Schweigens dahinrollte. Endlich erhob sich auch die große Wolke und gab die Firsten der Berge ihrer alten Finsternis zurück. Sie glitt wieder in Regionen des Hesperus und raubte dem Tale des vielfarbigen Grases seinen purpurgoldenen Glanz.

Doch Eleonore hatte ihr Versprechen nicht

vergessen. Ich hörte, wie Engel um mich her Weihrauchschalen schwangen, und fühlte Ströme heiligen Duftes das Tal durchfluten; und in einsamen Stunden, wenn mein Herz laut schlug, trugen die Winde, die meine Stirn badeten, weiche Seufzer zu mir her. Leises Flüstern erfüllte oft nachts die Luft . . . und einmal – ach, nur einmal – erwachte ich aus meinem Schlummer, der tief gewesen wie ein Todesschlaf, weil zwei unirdische Lippen die meinen berührt hatten . . . Aber dies alles konnte die Leere meines Herzens nicht füllen. Es verlangte wieder nach der Liebe, von der es vorher so übervoll gewesen. Im Laufe der Zeit quälte mich der Aufenthalt im Tale, in dem mich alles an Eleonora erinnerte, und ich vertauschte es für immer gegen die Eitelkeiten und friedlosen Freuden der Welt.

Ich fand mich in einer fremden Stadt, in der alle Dinge wie geschaffen waren, mich die Träume, die ich so lange im Tale des vielfarbigen Grases geträumt, vergessen zu machen. Der Pomp und das üppige Wesen eines reichen Hofes, berauschendes Waffengetön, die strahlende Schönheit der Frauen – all dieses blendete mich und machte meinen Geist trunken. Doch war meine Seele bis jetzt ihrem Gelübde treu geblieben, und immer noch gab mir Eleonora in den stillen Stunden der Nacht Anzeichen ihrer Gegenwart. Plötzlich hörten diese Zeichen auf, die Welt wurde schwarz vor meinen Augen, und ich stand erschrocken – erschrocken über die glühenden Gedanken, die in mir erwachten, über die Gewalt der schrecklichen Versuchung, die mich anfiel. Aus einem fernen, fernen unbekannten Lande kam ein Mädchen an den Hof des Königs, dem ich diente. Ihrer Schönheit ergab sich mein abtrünniges Herz im ersten Augenblick, da ich sie sah . . . Ohne Widerstand warf ich mich in heißer, abgöttischer Liebe vor dem Schemel ihrer Füße nieder. Was waren meine Gefühle zu dem jungen Mädchen, das im Tale des vielfarbigen Grases begraben lag, im Vergleich zu der Glut, dem Übermaß und Überschwang der wilden, ganz selbstvergessenen Anbetung, mit der ich meine Seele vor dieser anderen ausströmte! O herrlich, herrlich war Ermengard! Sie, an der ich jetzt mit jedem meiner Gedanken hing! Und wenn ich in die Tiefen ihrer heißen, seltsamen Augen blickte, war Eleonora vergessen. Ich vermählte mich mit Ermengard und fürchtete den Fluch nicht, den ich auf mich herabrief.

Da! . . . einmal wieder, im Schweigen der Nacht, kamen die leisen Seufzer, die ich so lange nicht mehr vernommen, mit dem Winde durch mein Fenster und klangen zusammen zu einer vertrauten, süßen Stimme, die also sprach:

»Schlafe in Frieden! Der Geist der Liebe herrscht! Und wenn du Ermengard an dein wildes Herz drückst, bist du aus Gründen, die dir im Himmel offenbar werden sollen, von deinem Gelübde an Eleonora entbunden . . .«

DAS FASS
AMONTILLADO

# DAS FASS AMONTILLADO

Die tausend Ungerechtigkeiten Fortunatos hatte ich ertragen, so gut es eben ging, doch als er mich dazu noch beleidigte, schwor ich Rache. Wer meinen Charakter kennt, wird nicht erwartet haben, daß ich auch nur die leiseste Drohung gegen ihn laut werden ließ. Nein, erst nach längerer Zeit sollte meine Rache erfolgen, das stand von Anfang an fest – und ebenso fest stand, daß für mich jedes Risiko bei dieser Rache ausgeschlossen wurde. Ich wollte nicht bloß strafen, sondern ungestraft strafen. Denn wie soll ein Unrecht gesühnt sein, wenn es dem Rächer letzten Endes selbst nicht viel besser ergeht als seinem Opfer? Und genauso unbefriedigend ist es, wenn das Opfer nicht erfährt, wessen Rache ihm zum Verhängnis wird.

Es war also klar, daß ich Fortunato mit keinem Wort und keiner Handlung Anlaß gab, an meinem Wohlwollen zu zweifeln. Ich lächelte ihn freundlich an wie bisher, und er durchschaute nicht, daß dieses Lächeln jetzt nur noch der Vorfreude über sein baldiges Ende entsprang.

Er hatte eine schwache Seite, dieser Fortunato, auch wenn er sonst ein Mann war, den man achtete, ja fürchtete. Er hielt sich nämlich viel darauf zugute, ein Weinkenner zu sein. Nur wenige Italiener besitzen die richtige Nase dafür. Sie widmen ihren Enthusiasmus meistens der stilvollsten Art, die englischen oder österreichischen Millionäre auszunehmen. Was Gemälde und Schmuck anging, war Fortunato wie die meisten seiner Landsleute ein Scharlatan, aber mit alten Weinen kannte er sich wirklich aus. In dieser Beziehung waren wir uns tatsächlich sogar ähnlich. Ich kannte mich mit den Jahrgängen recht gut aus und füllte meine Keller reichlich, wann immer sich die Gelegenheit dazu bot.

Auf dem Höhepunkt des Karnevals traf ich meinen Freund dann in der Dämmerung. Er begrüßte mich sehr freundlich, denn er hatte bereits viel getrunken. Er steckte in einem bunten Narrenkostüm mit Schellenkappe. Ich war so erfreut, ihn zu sehen, daß ich nicht aufhören wollte, ihm die Hand zu schütteln.

»Mein lieber Fortunato«, sagte ich zu ihm, »was für ein Glück, Sie gerade heute zu treffen. Ganz ausgezeichnet sehen Sie ja heute aus. Wissen Sie, ich habe da heute ein Faß Wein bekommen, der Amontillado sein soll, aber ich traue der Sache nicht recht.«

»Wie?« fragte er. »Amontillado? Ein ganzes Faß? Unmöglich! Jetzt, mitten im Karneval?«

»Ich habe ja auch meine Zweifel«, erwiderte ich. »Und ich war dumm genug den vollen Amotillado-Preis zu zahlen, ohne Sie in der Sache um Rat zu fragen. Aber Sie waren nirgendwo aufzutreiben, und ich hatte Angst, mir entging sonst am Ende eine günstige Gelegenheit.«

»Amontillado!«

»Nun, ich bin nicht sicher.«

»Amontillado!«

»Und wüßte es schon gerne genau.«

»Amontillado!«

»Da Sie ja beschäftigt sind, bin ich auf dem Weg zu Luchesi. Wenn einer ein kritisches

Urteil hat, dann er. Er wird mir sagen . . .«

»Luchesi kann einen Amontillado nicht von Sherry unterscheiden.«

»Und doch gibt es genug Narren, die behaupten, daß er es im Weingeschmack mit Ihnen aufnehmen kann!«

»Kommen Sie, gehen wir.«

»Wohin?«

»In Ihre Keller!«

»Nein, guter Freund! Ich kann ihre Liebenswürdigkeit nicht so mißbrauchen. Sie sind doch auf dem Weg zu einem Fest. Luchesi . . .«

»Ich habe nichts Besseres vor. Also kommen Sie!«

»Nein, mein Freund! Es sind ja nicht nur Ihre anderen Verpflichtungen. Mit dieser bösen Erkältung, die Sie da spazierentragen, kann ich Sie unmöglich in meine feuchten, kalten Keller mitnehmen, wo die Wände von Salpeter bedeckt sind.«

»Ach was, gehen wir nur. Die Erkältung ist nicht der Rede wert. Amontillado! Wenn man Sie da nicht reingelegt hat! Und Luchesi kann nun wirklich nicht Sherry von Amontillado unterscheiden.«

Mit diesen Worten hakte sich Fortunato bei mir unter. Ich hielt mir eine schwarze Seidenmaske vor, wickelte mich fest in meinen Mantel und ließ mich von ihm zu meinem Palazzo zerren.

Die Dienerschaft war vollzählig auf dem Karneval unterwegs. Ich hatte verkündet, daß ich nicht vor dem Morgen zurück sein würde, und ausdrücklich angeordnet, daß keiner das Haus verlassen dürfe. So konnte ich sicher sein, daß sich alles davonmacht, wenn ich nur erst dem Haus den Rücken gekehrt hatte, was dann auch prompt geschehen war.

Ich nahm zwei Fackeln von den Wänden, gab Fortunato eine und führte ihn quer durch das Haus zum Eingang der Kellergewölbe. Dort ging es eine lange gewundene Treppe hinab, und ich bat ihn, sehr vorsichtig zu sein, während er mir folgte. Endlich kamen wir unten an und standen auf dem feuchten Boden der Katakomben der Montresors. Mein Freund schwankte beim Gehen. Die Schellen an seiner Narrenkappe klingelten bei jedem Schritt.

»Das Faß?« sagte er.

»Es liegt noch ein wenig weiter«, antwortete ich. »Sehen Sie sich nur dieses weiße Gespinst hier an den Wänden an, wie das glänzt!«

Er wandte sich mir zu und blickte mich mit glasigen Augen an, in der sich bereits Tränen von der feuchtgiftigen Luft sammelten.

»Salpeter?« fragte er schließlich.

»Salpeter«, bestätigte ich. »Wie lange haben Sie denn diesen schlimmen Husten schon?«

»Höch, höch, höch, höch, höch, höch . . .«

Minutenlang war es meinem armen Freund nicht möglich, mir zu antworten.

»Macht gar nichts«, sagte er endlich.

»Kommen Sie«, sagte ich mit Nachdruck, »gehen wir lieber wieder hinauf. Ihre Gesundheit ist das nicht wert. Sie sind reich, geachtet, bewundert, geliebt, ein glücklicher Mann, so wie ich früher. Jemand wie sie muß auf sich achten. Um mich ist es weiter nicht so schade. Wir gehen zurück. Sie werden mir sonst noch krank, und das kann ich wirklich nicht verantworten. Abgesehen davon kann Luchesi doch wirklich . . .«

»Genug!« unterbrach er mich. »Der Husten ist nur eine Kleinigkeit, der macht gar nichts. So was bringt mich nicht um. Ich werde doch nicht an einem Husten sterben.«

»Das ist wohl wahr«, sagte ich. »Ich wollte Sie nicht unnötig beunruhigen. Aber Sie müssen auf sich aufpassen. Nehmen Sie

einen Schluck von diesem Medoc hier, das hilft gegen die Feuchtigkeit.«

Mit diesen Worten zog ich eine der Flaschen aus den fast endlosen Reihen und öffnete sie.

»Trinken Sie nur«, sagte ich und reichte ihm den Wein.

Blinzelnd setzte er die Flasche an die Lippen, trank jedoch noch nicht, sondern nickte mir feierlich zu, wovon seine Schellen klingelten.

»Ich trinke«, verkündete er, »auf all jene, die hier um uns ihre letzte Ruhe haben.«

»Und ich auf Ihr langes Leben!«

Er nahm wieder meinen Arm, und wir setzten unseren Weg fort.

»Diese Gewölbe«, meinte er, »sind sehr weitläufig.«

»Die Montresors«, antwortete ich, »sind eine große und zahlreiche Familie.«

»Wie sah doch noch Ihr Wappen aus?«

»Ein großer Fuß aus Gold auf blauem Feld, der eine Schlange zertritt, die ihm in die Ferse beißt.«

»Und der Wahlspruch?«

*»Nemo me impune lacessit.«*

»Ganz hübsch!« rief er.

Der Wein funkelte aus seinen Augen, und

die Schellen klingelten. Auch meine Phantasie wärmte sich an dem Medoc. Vorbei an aufgeschichteten Gebeinen, unterbrochen von Fässern und Regalreihen, hatten wir das Innerste der Katakomben erreicht. Wieder blieb ich stehen, und diesmal faßte ich Fortunato fest am Oberarm über dem Ellbogen.

»Der Salpeter«, sagte ich. »Er wird hier immer mehr. Wie Moos hängt er in den Gewölben, sehen Sie nur! Wir sind hier genau unter dem Flußbett. Es tropft überall von der Decke aufs Gebein. Kommen Sie, gehen wir lieber zurück, ehe es zu spät ist. Mit so einem Husten . . .«

»Macht gar nichts«, lachte er. »Gehen wir doch weiter. Nur vorher noch ein Schluck Medoc könnte nicht schaden.«

Ich brach einer Flasche De Grave den Hals und reichte sie ihm. Er leerte sie auf einen Zug. Seine Augen leuchteten wild. Er warf die Flasche mit einer Geste, die ich nicht verstand.

Ich sah ihn überrascht an. Er wiederholte die Bewegung – es sah grotesk aus.

»Sie verstehen nicht?« fragte er.

»Tut mir leid«, erwiderte ich.

»Dann gehören Sie nicht der Bruderschaft an?«

»Wie bitte?«

»Sie sind kein Maurer?«

»Aber ja«, antwortete ich, »sicher doch.«

»Sie? Unmöglich! Sie, ein Freimaurer?«

»Ich bin ein Maurer.«

»Ein Zeichen!« rief er.

»Hier haben Sie es.« Ich zog unter meinem weiten Mantel eine Maurerkelle hervor.

»Sie scherzen«, meinte er und trat einige Schritte von mir zurück. »Aber gehen wir zu Ihrem Amontillado!«

»Wie Sie wollen«, war meine Antwort. Ich bot ihm wieder meinen Arm an, auf den er sich schwer lehnte. So setzten wir unsere Suche nach dem Amontillado fort. Durch eine Reihe niedriger Bogengänge ging es, dann stiegen wir weiter hinab, noch ein paar Gänge, dann wieder nach unten. So erreichten wir schließlich eine tiefe Krypta, in der die Luft so stickig war, daß unsere Fackeln nur noch glühten.

Am Ende der Krypta befand sich ein zweites, kleineres Gewölbe. An den Wänden ringsum waren wie in den Katakomben von Paris bis zur Decke menschliche Gebeine aufgestapelt. Nur von der entferntesten, der vierten Wand, hatte man die Knochen fortgeräumt. Sie lagen jetzt seitlich davon in einem großen Haufen auf dem Boden. In der freigelegten Mauer gab es einen weiteren Raum zu entdecken, vielleicht vier Fuß tief, drei weit und sechs oder sieben hoch. Diese Nische diente keinem besonderen Zweck, sondern bildete einfach den Zwischenraum zwischen zwei der mächtigen Gewölbepfeiler. Ihre Rückwand war die massive Granitmauer, die die ganze Krypta einschloß.

Vergeblich versuchte Fortunato die Nische mit seiner Fackel auszuleuchten. Das schwache Licht reichte nicht aus, um etwas zu erkennen.

»Nur voran«, sagte ich. »Dort drinnen ist der Amontillado. Und was Luchesi angeht . . .«

»Ein Ignorant!« unterbrach mich mein Freund, während er unsicher vorwärts schwankte. Ich folgte ihm auf den Fersen. Schon hatte er das Ende der Nische erreicht, wo er sein weiteres Vordringen von Stein behindert fand, so daß er in dümmlicher Verwunderung stehen blieb. Einen Augenblick nur, und ich hatte ihn an den Granit gekettet. Dort warteten bereits zwei Eisenkrampen, horizontal zwei Fuß nebeneinander angebracht. Von einer hing eine Kette, an der anderen das dazugehörende Schloß. Es war die Sache von Sekunden, ihm die Kette um den Leib zu legen und abzuschließen. Er war viel zu erstaunt, um Widerstand zu leisten. Den Schlüssel abziehend, trat ich aus der Nische zurück.

»Der Amontillado!« stieß mein Freund hervor, der sich von seiner Überraschung noch nicht ganz erholt hatte.

»Ja richtig«, erwiderte ich. »Der Amontillado!«

Während ich dies sagte, machte ich mich an dem Knochenhaufen zu schaffen, den ich zuvor erwähnt habe. Unter den Knochen brachte ich Bausteine und fertigen Mörtel zum Vorschein. Mit diesem Material begann ich eifrig den Eingang der Nische zu vermauern.

Kaum hatte ich die erste Lage Steine gesetzt, als Fortunatos Betrunkenheit bereits weitgehend verflogen war, wie ich feststellen mußte. Erstes Anzeichen der Ernüchterung stellte ein dumpfer Schrei dar, der eindeutig nicht von einem Betrunkenen kam. Darauf folgte langes, angespanntes Schweigen. Ich mauerte die zweite, dann die dritte und vierte Lage. Nun hörte ich ein wildes Gerassel mit der Kette. Der Lärm hielt mehrere Minuten an, während der ich die Arbeit unterbrach und mich auf die Knochen setzte, um die Genugtuung daran recht genießen zu können. Nachdem das Gerassel endlich doch wieder verstummt war, griff ich erneut zur Kelle und kam ohne weitere Unterbrechung bis zur siebten Lage. Die Mauer reichte mir nun fast bis zur Brust. Noch einmal hielt ich inne und hielt die Fackel so in die verbliebene Lücke, daß ein wenig von ihrem Schein auf die Gestalt dahinter fiel.

Eine Folge lauter, schriller Wutschreie brach plötzlich aus der Kehle des Angeketteten, als sollten sie mich zurückschleudern. Für einen kurzen Moment zögerte ich – ich zitterte. Aber dann faste ich mich wieder, fühlte mit der Hand über das solide Mauerwerk und war beruhigt. Ich ging zurück an die Arbeit und antwortete dabei dem Schreier. Ich wurde sein Echo, half ihm, übertraf ihn noch an Lautstärke und Kraft. Als ich das tat, hörte das Gebrüll auf.

Inzwischen ging es auf Mitternacht, und mein Werk näherte sich dem Abschluß. Ich befand mich bereits bei der elften und letzten Lage. Es blieb nur noch ein letzter Stein einzufügen und festzumauern. Sein Gewicht machte mir einige Schwierigkeiten, bis ich ihn schließlich halb in der Öffnung hatte.

Doch da schlug mir aus der Nische ein rauhes Lachen entgegen, das mir die Haare zu Berge stehen ließ. Es ging in Worte einer dumpfen Stimme über, in der ich kaum die des noblen Fortunato erkennen konnte. Die Stimme rief:

»Ha-ha-ha! He-he-he! – Wirklich ein netter Scherz! Ein ausgezeichneter Spaß! Darüber werden wir oben im Palazzo noch lange beim Wein lachen – der Wein. He-he-he!«

»Der Amontillado!« sagte ich.

»He-he-he! Ja, der Amontillado! Aber ist es nicht schon recht spät! Warten im Palazzo nicht schon die Lady Fortunato und die anderen auf uns? Lassen wir es genug sein jetzt!«

»Ja«, sagte ich, »wir lassen es jetzt genug sein.«

*»Bei Gottes Barmherzigkeit – Montresor!«*

»Ja«, sagte ich, »bei Gottes Barmherzigkeit.«

Vergeblich lauschte ich danach auf eine Antwort. Ich wurde ungeduldig und rief laut:

»Fortunato!«

Keine Antwort. Ich rief wieder:

»Fortunato!«

Noch immer keine Antwort. Ich stieß eine

Fackel durch die letzte kleine Öffnung und ließ sie dahinter zu Boden fallen. Von drinnen ertönte darauf das Geklingel der Narrenschellen. Mir wurde übel in der Brust – die giftige Feuchtigkeit der Katakomben. Eilig beendete ich meine Arbeit. Ich rückte den letzten Stein in seine Lage und verputzte die Fugen. Dann schichtete ich vor dem neuen Mauerwerk wieder den alten Knochenhaufen auf, bis die Gebeine lagen wie zuvor. Seit einem halben Jahrhundert hat nichts mehr ihre Ruhe gestört. *In pace requiescat!*

# SCHWEIGEN

Da gibt es Eigenschaften hinter manchen Dingen,
die geben doppelt ihnen Leben, daß ihr Sein
entfaltet sich von Licht zu Schatten, darinnen
sind Materie sie, genau wie Schein.
Es gibt das *Schweigen* zweifach auch – Küste und Meer
Körper und Seele. Einsam weilet Einer
in stillen Tälern und in Erinn'rung Seiner
kühlen Gnaden wird Menschenkummer tränenleer,
verschwinden alle Schrecken – sein Name: »Nimmermehr.«

Er ist die eine Verkörperung des Schweigens, von der droht
nichts Böses dir, denn arglos ist ihm seine Macht;
doch sollte dich das Schicksal zwingen (grause Not!),
daß du wohl treffest seinen Schatten (namenlose Nacht,
die Heimsucht jene weglosen Gefilde, drin nur Spott
der Menschen Leiden harrt) – dann Gnade deiner Seele Gott!

D. H. LAWRENCE (1885 – 1930) griff in seinen Romanen und Erzählungen die engen Moralbegriffe der bürgerlichen Gesellschaft an und brach sexuelle Tabus, was ihm das zeitweilige Verbot einiger Romane einbrachte. Heute gehört Lawrence längst zu den wichtigsten Klassikern der englischen Literatur in diesem Jahrhundert.

Unter seinen Erzählungen finden sich auch einige, in denen der Aufstand gegen gesellschaftliche Konventionen phantastische Züge annimmt oder in denen die geheimnisvollen inneren Triebkräfte des Menschen in das Phantastische übersteigert werden. Diese bisher für die phantastische Literatur wenig beachteten Texte sind hier zum ersten Mal in einem Band gesammelt.

BASTEI LÜBBE